赤毛のアン論
八つの扉

松本侑子

文春新書
1475

はじめに

「人生にむかって、あなたの扉を次々と開くのよ、そうすれば、人生が入ってくるわ」
第四巻『風柳荘《ウインディ・ウイローズ》のアン』二年目第4章

私は、カナダの作家L・M・モンゴメリ著の『赤毛のアン』シリーズ全八巻の日本初の全文訳を手がけました。

第一巻の『赤毛のアン』は、親をなくした少女アン・シャーリーが、プリンス・エドワード島でグリーン・ゲイブルズという農場をいとなむマシューとマリラの兄妹《きょうだい》にひきとられて幸せに育つ五年間の小説です。

少女時代より村岡花子訳のアン・シリーズを愛読してきた私にとって、原稿用紙にして七千枚のアンの物語を訳し、数千項目の訳註を書いた歳月《としつき》は、喜びに満ち満ちた日々でした。

アン・シャーリーの物語は、『赤毛のアン』にはじまる八冊の長編小説からなりたちます。

シリーズ全八巻は、主人公アン・シャーリーの誕生から五十代までの半世紀をこえる人生を描きながら、その背景に、十九世紀後半から第一次世界大戦後までのカナダの激動の時代をうかびあがらせる壮大な大河小説です。

児童書と思われがちですが、シェイクスピア劇をはじめとする英米文学と聖書の名句が多数引用される芸術的な作風で、凝った美しい英語で書かれています。

また小説の舞台のカナダは、先住民と移民からなる多民族国家であり、アン・シリーズには、さまざまな民族が登場します。

たとえばアンは、スコットランドの衣装を身につけているスコットランド系のカナダ人です。親友の少女ダイアナは、北アイルランドのアルスター地方の服を着ています。

このアンとダイアナは、古代ケルト族の「アーサー王伝説」をお芝居にして遊びます。

本書『赤毛のアン論』は、シリーズ全八巻を、エピグラフと献辞《けんじ》、作中の英文学、スコットランド民族、ケルトと「アーサー王伝説」、キリスト教、プリンス・エドワード島の歴史、カナダの政治、翻訳とモンゴメリ学会という八つのテーマから解説したものです。

新しい八つの扉を開いて、モンゴメリ文学の奥深い魅力をお楽しみいただけましたら幸いです。

赤毛のアン論　八つの扉

✿目次

人々／第八巻『アンの娘リラ』の教師ミス・オリヴァー／スコットランドの伝統的な食事／スコットランドの民謡と踊り／スコットランド高地地方《ハイランド》の懐かしい訛《なま》り

四の扉　ケルトと「アーサー王伝説」　101

十六世紀〜十八世紀半ば／漁師たちの鱈漁《たらりょう》、第七巻『虹の谷のアン』／七年戦争（一七五六〜一七六三年）、島は英領へ／フランス系の人々がアメリカへ移住、第三巻『アンの愛情』／島を「プリンス・エドワード島」と改名／アン・シリーズのフランス系住民／アメリカ独立戦争（一七七五〜八三年）、王党派が英領の島へ／英米戦争（一八一二〜一四年）、第四巻『風柳荘《ウインデイ・ウイローズ》のアン』／アンが夢想する英米戦争の海戦（一八一三年）、第三巻『アンの愛情』／カナダへ渡ったスコットランドの兵士たち、第三巻『アンの愛情』／ヴィクトリア女王、大英帝国の君主に即位（一八三七年）、第一巻『赤毛のアン』／プリンス・エドワード島銀行創業（一八五六年）、第一巻『赤毛のアン』／カナダ連邦結成会議がシャーロットタウンで開催（一八六四年）／プリンス・エドワード島銀行が独自の通貨を発行（一八七一年）、第五巻『アンの夢の家』／プリンス・エドワード島、カナダ連邦に加盟（一八七三年）、第一巻『赤毛のアン』／プリンス・エドワード島の電灯（一八八五年）、第一巻『赤毛のアン』／カナダ大陸間横断鉄道完成（一八八五年）／電話線開通（一八九〇年）、第一巻『赤毛のアン』、第五巻『アンの夢の家』／第一次大戦の影（一九一〇年代前半）、第七巻『虹の谷のアン』／第一次大戦（一九一四〜一八年）、第八巻『アンの娘リラ』

プリンス・エドワード島とカナダ

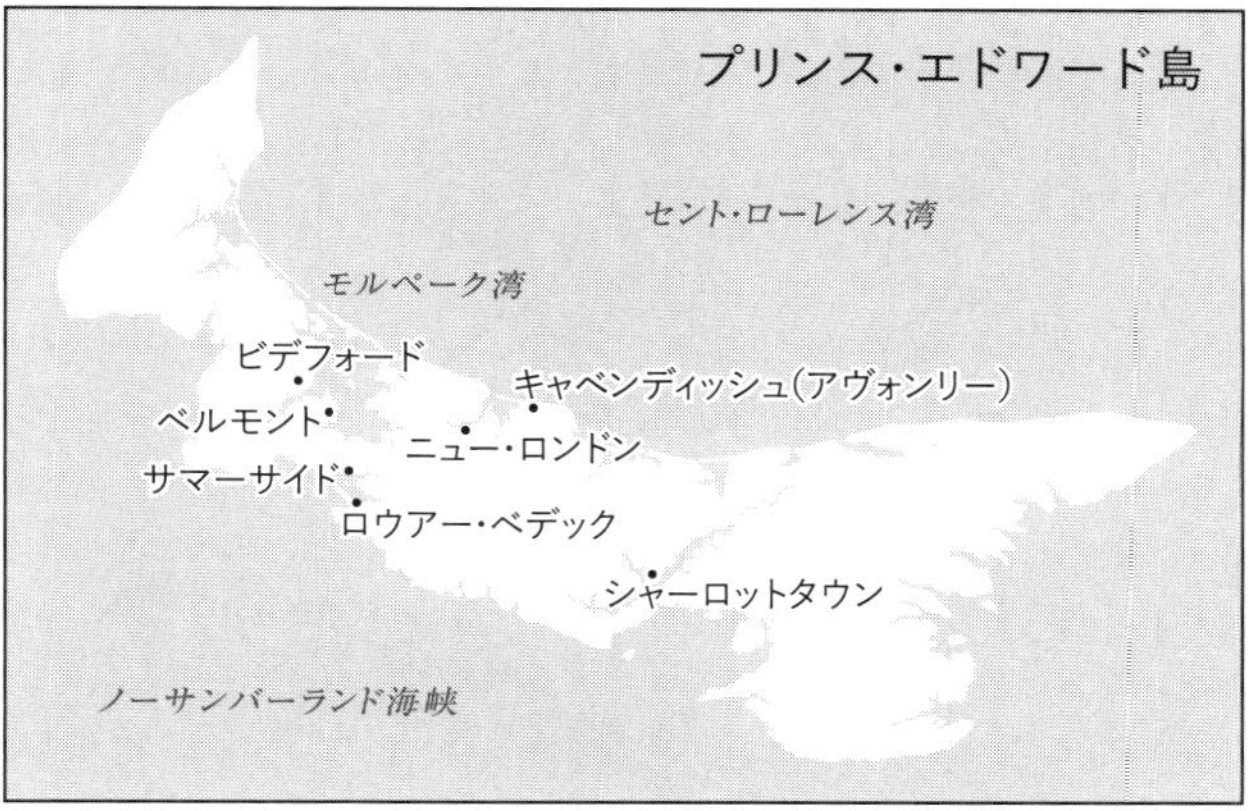

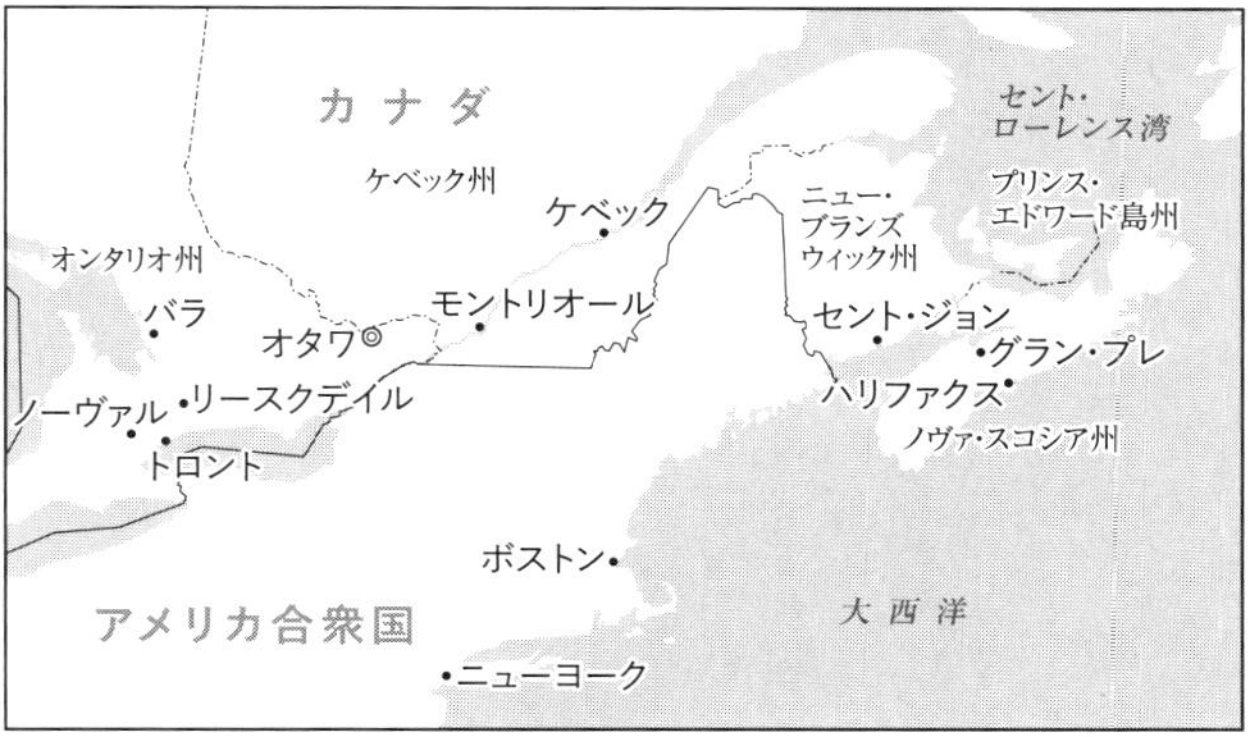

デザイン　城井文平
写真　松本侑子
『赤毛のアン』シリーズの訳文は、
松本侑子訳の文春文庫版から引用しました。

一の扉

エピグラフと献辞《けんじ》

［人生のささやかにして甘美なものはすべて、その道に撒《ま》かれている］

第六巻『炉《ろ》辺荘《へんそう》のアン』第41章

『赤毛のアン』シリーズは、作中に英文学の名句が引用されるだけでなく、それぞれの巻の冒頭にも、詩の一節がエピグラフ（題辞、モットー）として掲《かか》げられています。

エピグラフとは、作品の冒頭に詩、小説、戯曲、聖書などの一節を置くもので、主題、主人公の人となりや運命を象徴的に暗示するものです。

この章では、シリーズ各巻のエピグラフと献辞を解説しながら、全巻の物語とアンの生涯を、これから読む人のために簡単にご紹介します。

✿アン・シリーズ全八巻の概要

まず最初に、全八巻の流れをみてみましょう。

第一巻『赤毛のアン』は、アンの誕生と生いたち、そして十一歳の六月にプリンス・エドワード島（以下、島）のグリーン・ゲイブルズにきてから十六歳までの少女の成長の物語。

第二巻『アンの青春』は、アヴォンリー村の若き教師となる十六歳から十八歳の青春小説。

第三巻『アンの愛情』は、カナダ本土の大学に学ぶ十八歳から二十二歳の学生時代、娘ざかりの恋愛小説。

第四巻『風 柳 荘《ウインディ・ウイローズ》のアン』では、島にもどり、高校の学校長となる二十二歳〜二十五歳。主にアンから婚約者への手紙からなる書簡体小説。

第五巻『アンの夢の家』は、グリーン・ゲイブルズの果樹園で結婚して海辺の家に暮らし、母親になる二十五歳から二十七歳の新婚の日々。人物の入れ替わりがもたらす劇的な展開と男女三組が結ばれる祝婚劇。

第六巻『炉辺荘のアン』は、三十四歳から四十歳。六人の子を育てる母、結婚十五年目の夫婦の愛。アンが主人公の小説はこの巻で終わる。

第七巻『虹の谷のアン』では、アンは四十一歳の医師夫人。主人公は村に新しくきた牧師一家。牧師の子どもたちとアンの子どもたちの友情、そして中年男女二組のロマンス。

第八巻『アンの娘リラ』では、アンは四十八歳から五十三歳の銃後の母。第一次世界大戦が始まり、アンの息子三人がヨーロッパの戦場へ出征。戦時下の暮らしをアンの末娘リラの視点で描く戦争文学。

✿第一巻『赤毛のアン』（一九〇八年）*Anne of Green Gables*

モンゴメリはこの小説を一九〇五年五月から〇六年一月にかけて執筆して、アメリカの複数の出版社に郵送します。しかし採用されず、のちにボストンのＬ・Ｃ・ペイジ社に送ると、一九〇七年四月に返事が届きます。そこには本として出版する、続編の執筆も依頼する、と書かれていたのです。そして翌一九〇八年の六月、『赤毛のアン』（以下、本文中は『アン』）はアメリカで発行されます。

当時、三十代のモンゴメリは、アメリカとカナダの様々な雑誌に作品を投稿し、掲載されると原稿料をうける職業作家でした。現在判明しているだけで、『アン』の発行前に、短編小説が二百八十六作、詩が二百五十六篇、活字になっています。雑誌で活躍していたモンゴメリにとって初めての記念すべき本が第一巻『アン』です。

原題は「グリーン・ゲイブルズのアン」。意味は「緑の切妻屋根と破風窓《はふまど》のアン」です。グリーン・ゲイブルズとは、アンがひきとられた農場の母屋の外観からついた屋号です。第19章で、アンは、腹心の友ダイアナの大おばに「あんたは誰かね」と聞かれて、「グリーン・ゲイブルズのアンです」と答えています。屋号と名前で、どこの家の者か、わかるように名乗っているのです。

✿『赤毛のアン』のエピグラフ、献辞、物語

『アン』のエピグラフは次の二行です。

あなたは良き星のもとに生まれ
精と火と露《つゆ》より創《つく》られた

ブラウニング

十九世紀英国の詩人ロバート・ブラウニング（一八一二〜八九）の詩「エヴリン・ホープ」（一八五五）からとられています。

この二行の意味は、主人公のアン・シャーリーが幸せを約束された良き星のもとに生まれ、豊かな精神、炎の情熱、朝露のごとき純真さから創られたというものです。

この小説の最後にアンが語る「神は天に在《あ》り、この世はすべてよし」（第38章）は、ブラウニングの劇詩『ピッパが通る』（一八四一）のなかの「朝の詩《うた》」の二行です。つまり『アン』はブラウニングの詩に始まり、ブラウニングの詩に終わります。

献辞には、「この本を、今は亡き父母の思い出にささげる」とあります。

モンゴメリが二歳になる前に、母は病気で若くして世を去り、モンゴメリ二十五歳のときに、父もカナダ中西部サスカチュワン州で他界しました。『アン』が刊行されたとき、両親とも故人であり、モンゴメリは、初めての本を最愛の亡き父と母に捧げたのです。モンゴメリは『アン』の単行本が手元に届いたとき、日記に書いています。

「ああ、両親が生きてさえいれば、喜んで誇りに思ってくれただろうに。お父さんの瞳がどんなに輝いたことだろう！」（一九〇八年六月二十日付）

『アン』の物語は、両親を亡くしたアンが、十一歳の六月、カナダ本土のノヴァ・スコシア（新スコットランド）からプリンス・エドワード島にきて、アヴォンリー村にあるグリーン・ゲイブルズという農場にひきとられ、マシューとマリラの愛情、親友ダイアナの友情に恵まれ、美しい自然のなかで、すこやかに育っていく成長を描いた長編小説です。

最初は、子どもらしい滑稽《こっけい》な失敗をしていたそそっかしくて、やせっぽちで、想像力豊かで、可愛らしいおしゃべりをしていた幼いアンが、聡明で、明るく、独特の魅力をたたえた愛情深い娘に育っていきます。

また、それまで世間も狭く孤独に生きてきた六十代のマシューと五十代のマリラが、アンを育てることで、子どもを愛する喜び、子どもに愛される幸せを初めて知り、心の奥ゆき深い幸せな人物へ変わっていく大人の成熟も描かれます。

小説の後半で、アンは最愛の家族を喪《うしな》います。その悲しみのなか、自分の将来とグリーン・ゲイブルズ農場のゆくすえを真剣に考え、大きな決断をして、人生の「道の曲がり角」をむかえます。

アンはマリラに言います。

「今、その道は、曲がり角に来たのよ。曲がったむこうに、何があるかわからないけど、きっとすばらしい世界があるって信じていくわ」第38章 "Now there is a bend in it. I don't know what lies around the bend, but I'm going to believe that the best does."

私たちは誰も自分の未来を見ることはできません。しかし人生の道の曲がり角のむこうに最高のものが待っている、そう信じて生きていく心に幸せが訪れる。これはモンゴメリから私たち読者への励ましと愛に満ちたメッセージです。

最後にアンは、赤毛をからかった同級生の少年ギルバートが自分を犠牲にしてアンを助けてくれたことを知り、頬をそめて彼に感謝を伝え、握手をして語り合います。『アン』は、若い二人のさわやかな友情と青春が始まる予感とともに幕を下ろします。

✿第二巻『アンの青春』（一九〇九年）*Anne of Avonlea*

モンゴメリの日記によると、『アン』が世に出る前年の一九〇七年十月から版元ペイジ社の求めに応じて書き始め、一九〇九年にアメリカで刊行されます。

原題は「アヴォンリーのアン」。第一巻の少女アンは「グリーン・ゲイブルズのアン」でしたが、本作では、アンはアヴォンリー村の教師となり、活躍の場が広がっていきます。

モンゴメリが巻頭においたエピグラフは次の四行です。

彼女のゆくところ次々と花が咲きいずる
務《つと》めを注意深く果たし歩《あゆ》んでいく道に
我らの苦しくつらい人生の道筋も、彼女と共にあれば
美しい曲線を描くであろう

ホィティアー

十九世紀アメリカの農民詩人ジョン・グリーンリーフ・ホィティアー（一八〇七〜九二）の詩「丘のふところにて」からとられています。

詩の主人公は若い女性です。働き者で、優しく、ほがらかな彼女が田舎に来て、農村の人々に良き影響を与えて幸せにしていきます。第二巻『アンの青春』（以下『青春』）におけるアンの姿を象徴しています。

✿『赤毛のアン』の終わりと『アンの青春』のエピグラフのつながり

興味深いことに、このエピグラフは、『アン』の結末とつながっています。

『アン』の最後の段落には、大学進学という目標をひとまずあきらめて村の教師になるアンの心境として、「これからたどる道が、たとえ狭くなろうとも、その道に沿って、穏やかな幸福という花々が咲き開いていくことを、アンは知っていた。」（第38章）とあります。

続く第二巻『青春』をひらくと、最初のエピグラフに「彼女のゆくところ次々と花が咲きいずる」とあり、『アン』の結末に書かれていた幸せの花が続編で咲いていくことが読者に伝えられるのです。

✿『アンの青春』の献辞

恩師
ハティ・ゴードン・スミス先生に捧《ささ》ぐ
先生の思いやりと励ましを
感謝をこめてふり返りつつ

スミス先生は、モンゴメリが育ったキャベンディッシュの学校で、一八八二年から九二年に教鞭《きょうべん》をとった女性です。一八七四年生まれのモンゴメリは、おそらく八歳から、一八九〇年にサスカチュワン州へ引っ越す十五歳まで、スミス先生に習ったと思われます。

モンゴメリ自身も、本作を書く前の二十代に、島の三つの村で教師をつとめました。十代のアンが新米先生になるこの小説を執筆しながら、モンゴメリは、母校のスミス先生が、子どもたちの気持ちに寄りそい、子どもたちを励ます良き教師だったことを、あらためて思い返して本作を捧げたと思われます。

✿『アンの青春』の物語

第一巻で教員免許を取得したアンは、本作ではアヴォンリーの教師になり、若いながらも子どもたちを誠実に指導します。グリーン・ゲイブルズでは、マリラがひきとった遠縁の双子の男の子と女の子を育て、電気もガスも水道もない時代に、マリラを助けて料理に裁縫、布団の打ち返しといった家事をしながら、大学に進む目標にむかって独学で勉強をつづけます。さらにアヴォンリーでは、景色を改善する組織をギルバートと立ちあげ、村人たちに働きかけて活動します。

社会に出たアンはさまざまな大人と出会います。教え子の保護者たち、悲観的なことばかり言う女性、待ち望んだ息子が生まれて有頂天の男性など、私たちの現実にもいる人々です。森の石造りの家ですてきな暮らしをいとなみながらも、意地をはって恋人と喧嘩別れした若い日を心の底でずっと後悔している四十代の独身女性ミス・ラヴェンダー、夫婦仲が悪くて別居している初老の男性といった人生の虚しさに遭遇《そうぐう》する人々もいます。

しかし冒頭のエピグラフのように、アンがゆくところ次々と花が咲き、誰の人生にも訪れる生老病死の苦しみ、哀しみに心沈む人々に明るい光をもたらし、人々の人生は美しい曲線を描いていくのです。十八歳になったダイアナの婚約、ギルバート二十歳の秘めた恋心、さらにアンも新たな道の曲がり角をむかえます。

最後の第30章「石の家の結婚式」には、アメリカの詩人ヘンリー・ワズワース・ロングフェロー（一八〇七〜八二）の詩「失われし青春」の一節「少年の夢は、風の夢。若き日の想いは、遠い遠い想い」より「遠い遠い想い」が引用されます。つまりアンの若き日々がすぎていき、「少女時代のページは、目に見えない指によってめくられ、魅力と謎、苦しみと喜びをたたえた大人の女のページがアンの前に開かれ」（第30章）ていくのです。

✿第三巻『アンの愛情』（一九一五年）*Anne of the Island*

原題は「アン・オブ・ジ・アイランド」、「島のアン」です。「グリーン・ゲイブルズ農場のアン」から「アヴォンリー村のアン」へ、それからカナダ本土へ行って「プリンス・エドワード島のアン」となり、アンの世界が広がっていくことを表す書名です。

冒頭のエピグラフは、次の四行です。

後より見つかる尊きものはすべて
それを探し求める者の前にあらわれる
なぜなら愛が運命とともにくり返し働きかけ
ヴェールを引くと、隠されていた価値があらわれるのだから

テニスン

十九世紀英国の詩人アルフレッド・テニスン（一八〇九〜九二）の物語詩「白昼夢」からとられています。

これはヨーロッパの民話「眠り姫」を詩にしたものです。眠りの魔法をかけられた城に、お姫さまが眠っています。イバラにおおわれた眠りの城に多くの王子が求婚にやってきますが、イバラに阻《はば》まれて入ることができません。しかし時がたち、真実の王子が訪れると、城のイバラがほどけ、なかへ導かれます。王子がお姫さまにキスをすると、姫は目ざめ、二人は幸せに結ばれます。

テニスンの詩「白昼夢」を読むと、モンゴメリが冒頭に置いた四行は、王子が眠りの城に

到着した場面から引用されています。そこから、このエピグラフの意味がわかります。

第三巻『アンの愛情』（以下『愛情』）において、アンは、多くの男性から求婚されますが、アンの心のなかに入ることはできません。しかし時がたち、真実の王子がやって来ると、アンに口づけをして、二人が結ばれるハッピー・エンドを、冒頭の詩が暗示しているのです。

さらにアンが、少女という「眠り」の季節から、大人の女性へ目ざめることも示唆《しさ》しています。

✿『アンの青春』の終わりと『アンの愛情』のエピグラフのつながり

興味深いことに、第三巻のエピグラフも、第二巻『青春』の結末とつながっています。

『青春』の終わりで、アンはギルバートと森のなかで会い、ギルバートが語ったある言葉に、胸を高鳴らせます。

「一瞬、アンの胸は妙にときめき、自分を見つめるギルバートのまなざしに、初めてためらい、青白いアンの頬が、にわかに薔薇色にそまった。まるでアンの胸の奥の意識にかかっていたヴェールが持ちあげられ、思いがけない本当の感情と現実が、天の啓示として、アンに

見せられたようだった。」第30章

アンは自分の無意識の感情に気がつきますが、このすぐあとに「やがてヴェールはまたおりた。」とあります。

しかし続く『愛情』を開くと、巻頭のエピグラフに「ヴェールを引くと、隠されていた価値があらわれる」とあり、アンの心のヴェールが引かれて、隠されていた気持ちが表にあらわれることを、読者に伝えています。

ここに引用した『青春』第30章の文章にある「天の啓示」revelation という言葉も、モンゴメリは意識的に第三巻につなげています。

『愛情』終盤の第40章は「天啓の書」A Book of Revelation という章題です。天啓、つまり天の啓示とは、天や神から人が啓示をうけることです。アンは『青春』と『愛情』の結末で、天の啓示によって、自分の本当の気持ちに気づき、愛の道へ踏み出していくのです。

✿『アンの愛情』第41章「愛は砂時計を持ちあげる」

この第三巻の最終章のタイトルは「愛は砂時計を持ちあげる」Love Takes Up the Glass of

Time です。

テニスンの詩「ロックスレイ・ホール」（一八四二）からの引用です。

　愛は砂時計を持ちあげ、上下に返す、その輝く両手の中で
　時は、軽く揺さぶられ、金色の砂のなかに流れていく

愛の手が砂時計を持ちあげて、ひっくり返すと、下にたまり止まっていた砂（過去の時間）が上にきて、さらさらと流れ始めます。

本作初めのエピグラフ「眠り姫」で、時は止まっていましたが、最後の章で、アンと真実の王子の愛によって砂時計が持ちあがり上下に返されて、二人の愛の時間が流れ始めるという意味です。

『愛情』はテニスンの詩に始まり、テニスンの詩の章題に終わります。また第二巻の結末にもちいた「ヴェール」と「天の啓示」を第三巻でもくり返すことで、モンゴメリはたくみで感動的な仕掛けを用意しているのです。

✿『アンの愛情』の献辞

［アンを／「もっと読みたい」と望みつづけてきた／世界中のすべての娘たちに捧ぐ］

『青春』が一九〇九年に発行されてから第三巻が出た一九一五年まで、六年間も空いています。『アン』と『青春』は、米国、カナダ、イギリス、オーストラリアなど各国で出版されてベストセラーとなり、世界中の読者が続きを待っていました。そうした女性たちに捧げられています。

間が空いた理由は、モンゴメリがほかの小説を本にまとめていたからです。まず『アン』の発行前に雑誌に連載した小説『果樹園のセレナーデ』*Kilmeny of the Orchard*（一九一〇）を書籍にします。

一九一一年には、長老派教会の牧師ユーアン・マクドナルドと結婚します。新婚旅行として二か月間、イギリスの文学史跡を旅して帰国すると、カナダ東部オンタリオ州の小村リースクデイルで牧師夫人となり、教会の仕事、執筆にくわえて出産と育児の充実した暮らしに入ります。

その多忙な日々に、島を舞台にした少女たちと少年たちの群像劇の小説『ストーリー・ガール』（一九一一）と、続編『黄金の道』（一九一三）を書きます。この会心《かいしん》の二作は、カナダの人気テレビドラマ「アボンリーへの道」の原作です。

ほかにも、雑誌に載った小説から忘れがたい珠玉の佳品を集めた短編集『アヴォンリー物語』*Chronicles of Avonlea*（一九一二）も本にまとめていました。

✿『アンの愛情』の物語と舞台

十八歳のアンは、ギルバートたちとカナダ本土ノヴァ・スコシアのレッドモンド大学へ進みます。古風で美しい港町キングスポートでの新しい生活、大学の親友フィリッパ・ゴードンや同級生たちと「パティの家」で暮らす楽しい共同生活。娘盛りのアンは、多くの青年から求婚され、裕福な家庭の御曹司にも愛されます。やがて真実の愛に目ざめ、初めての接吻、婚約へ結ばれます。二度と帰らない娘時代、その輝きの季節に、若さゆえに異性を傷つけ、自分も傷つき、そうした経験を通して本当の愛を知っていくアンの女性としての成長を、すでに妻となり母となっていたモンゴメリが、若き日への郷愁《ノスタルジー》をこめて書いた恋愛小説です。

小説の舞台は、大西洋に面したカナダ東海岸ノヴァ・スコシア州の州都ハリファクスです。モンゴメリは二十歳から一年間、この町のダルハウジー大学で英文学を学びます。スコットランドのエジンバラ大学にならって創られた名門大学で、アンが通う大学のモデルです。モンゴメリは二十代後半に新聞記者として、もう一度、この港町に暮らします。

そのため『愛情』には、ハリファクスに実在する場所が多数描かれています。アンの下宿前の緑陰《りょくいん》ゆたかな墓地公園、ライオン像のあるクリミア戦争の戦没者慰霊碑、アンが通う大学のキャンパス、講義をうけた校舎の大階段、港に浮かぶ灯台のたつ小島、アンがギルバートと散歩を楽しむ松林の海岸公園、アンが貴公子ロイヤル・ガードナーと雨宿りをする公園のあずま屋など、すべてがモンゴメリ二十代の懐しい思い出漂う場所なのです。

✿第四巻『風柳荘《ウィンディ・ウィローズ》のアン』（一九三六年）*Anne of Windy Willows*

原題は「ウィンディ・ウィローズのアン」。「風柳荘《ウィンディ・ウィローズ》」という屋号の家に住まうアンという意味です。

本作は、第三巻から二十一年後の一九三六年、モンゴメリ六十二歳のときにカナダのマクレランド社から出版されました。

シリーズは、アンの年齢順に書かれたものではありません。出版年順のリストです。

第一巻『赤毛のアン』誕生〜十六歳、一九〇八年、L・C・ペイジ社
第二巻『アンの青春』十六〜十八歳、一九〇九年、同
モンゴメリが結婚して牧師夫人になる、一九一一年
第三巻『アンの愛情』十八〜二十二歳、一九一五年、L・C・ペイジ社
第五巻『アンの夢の家』二十五〜二十七歳、一九一七年、マクレランド社
第七巻『虹の谷のアン』四十一歳、一九一九年、同
第八巻『アンの娘リラ』四十八〜五十三歳、一九二一年、同
夫が牧師を引退、モンゴメリは聖職者の妻でなくなる、一九三五年
第四巻『風柳荘《ウインディ・ウイローズ》のアン』二十二〜二十五歳、一九三六年、マクレランド社
第六巻『炉《ろ》辺荘《へんそう》のアン』三十四〜四十歳、一九三九年、同
モンゴメリ、トロント市内の自宅「旅路の果て荘」にて逝去、一九四二年

モンゴメリ晩年の六十代、一九三〇年代に書かれた第四巻『風柳荘《ウインディ・ウイローズ》のアン』（以下『風柳荘《ウインディ・ウイローズ》』）と第六巻『炉辺荘のアン』（以下『炉辺荘』）には、冒頭のエピグラフはありません。『風柳荘《ウインディ・ウイローズ》』の献辞には「あらゆるところにいるアンの友だちへ」とあります。

この第四巻が出た一九三六年までに、アン・シリーズは米国、カナダ、英国、オーストラリア、ニュージーランドといった英語圏だけでなく、欧州の各言語に翻訳され、世界各国に愛読者がいました。そのため、あらゆるところにいるアンの読者に捧げられています。

✿『風柳荘《ウインディ・ウイローズ》のアン』の物語

本作の大半は、アンが、カナダ本土で医学を学ぶ婚約者へ送る恋文からなる書簡体小説です。

アンは大学を卒《お》えて島に帰ると、南海岸の港町サマーサイド高校《ハイスクール》の学校長になり、塔のある風雅な屋敷「風柳荘《ウインディ・ウイローズ》」に下宿します。

しかし町は、アンに敵対する名門のプリングル一族が牛耳《ぎゅうじ》っていてアンを悩ませます。おまけに学校には、アンに冷笑的な態度をとる年上の副校長キャサリンがいて、皮肉を言います。隣家には、親のいない寂しげな女の子「小さなエリザベス」が暮らし、父母を喪《うしな》っているアンは自分の子どものころの孤独を思い出して心痛めます。しかし風柳荘《ウインディ・ウイローズ》の家政婦レベッカ・デューに励まされて、アンは勇気と元気を出して乗りこえます。やがてアンの誠実さによって、かたくなだった人々の心がほどけ、道はひらけていきます。さらにグリーン・

ゲイブルズの不思議な魅力と、住人であるマリラやリンド夫人などの温かな心によって、キャサリンと「小さいエリザベス」に思いがけない新しい明日が訪れます。

『風柳荘《ウインデイ・ウイローズ》』は、スコットランドの作家ジョージ・マクドナルド（一八二四～一九〇五）の小説『北風のうしろの国』At the Back of the North Wind（一八七一）に着想をえて構成されています。

『北風のうしろの国』は、北風の女が、風の音をたて、また草木をゆらして男の子の前にあらわれ、その少年を異世界へつれていくファンタジックな物語です。アンは『風柳荘《ウインデイ・ウイローズ》』のなかで、この作品について婚約者への手紙に書いています。

「私は、「北風」に乗って飛んでいく少年をいつも羨ましく思ってきました。ジョージ・マクドナルドの美しく古い物語です。ギルバート、私も、ある晩、塔の窓を開け、風の両腕のなかへ踏み出して行くかもしれません」一年目第1章

そもそもアンも「風が吹いて柳の木々《ウ イ ン デ ィ ・ ウ イ ロ ー ズ》」をゆらす家に住んでいるのです。

モンゴメリが『風柳荘《ウインデイ・ウイローズ》』を書く前の一九二〇年代に発表した自伝的小説エミリー・シ

リーズには、「風の女《ウインド・ウーマン》」がエミリーの友として登場します。この「風の女《ウインド・ウーマン》」も、北風の女からインスピレーションをうけたものです。

『風柳荘《ウインディ・ウイローズ》』の舞台は、シャーロットタウンについで島で二番目に大きな町サマーサイドです。十九世紀は海運業と造船業で、のちにはキツネの毛皮産業で栄え、今も往時に建てられた古風な豪邸が立ちならぶ美しい町です。

✿第五巻『アンの夢の家』（一九一七年）*Anne's House of Dreams*

原題は「アンズ・ハウス・オブ・ドリームズ」。「夢」が複数形ですから、たくさんの夢がかなっていくアンの家という意味です。愛する人と結ばれる、潮風香る海辺の家で二人で甘やかな日々を送る、子どもを産んで母親になる……。父母を亡くしたアンがついに自分の家庭をもち、わが子を腕に抱く夢が実現していきます。

エピグラフは、家庭生活の神聖を、そして神に守られている幸いを描いています。

われらの親しい者たちは
神殿を建てた、そこで

われらの知る神々に祈り
小さな愛《いと》しい家に住まう

ルパート・ブルック

英国の詩人ブルック（一八八七～一九一五）の詩「旅人の歌」（一九〇七）からとられています。神を信頼して、神に祈り、信仰を心のより所にして、こぢんまりとした居心地のいい家で愛する者と暮らす静かな喜びと心の平安が伝わります。アンが愛と希望にあふれて家庭をもつ新婚時代にふさわしいものです。

献辞は、「ローラへ／懐かしいあの頃の思い出に」とあります。

ローラとは、モンゴメリが十五歳から一年間住んだカナダ中西部サスカチュワン州時代の親友ローラ・プリチャード（一八七四～一九三二）です。サスカチュワンには、モンゴメリの父と、再婚した女性、その子どもたちが住んでいました。モンゴメリは最愛の父と暮らしたいと、島からはるばる数千キロ離れた中西部へ汽車で行ったのです。そのときの同い年の大親友がローラ・プリチャードであり、ダイアナ・バリーのモデルとも言われています。モンゴメリは、一九三〇年、五十五歳になってからサスカチュワンを再訪して、ローラと四十年ぶりに感動の再会を果たしています。

✿『アンの夢の家』の物語

二十五歳のアンはグリーン・ゲイブルズの果樹園で結婚式を挙げ、フォー・ウィンズFour Winds の内海に面した夢の家で新生活をはじめます。近くには、頭の大けがで記憶と知能を失った元船乗りの夫を世話する薄幸の美女レスリー、海に出たまま行方不明になった恋人マーガレットを想い続けて年老いたジム船長、男嫌いのミス・コーネリアが暮らしています。アンはこの三人と親しくなり、迷える人々の心を照らす灯台となり、心の闇にひと筋の光を投げかけます。そして母になるアンのえもいわれぬ喜びと哀しみ、永遠の別れ……。本作は、トロントから来た作家志望の新聞記者オーエン・フォードの恋など、大人の男女五組を描く複雑な構成からなっています。

『アンの夢の家』(以下『夢の家』)はシェイクスピア劇『十二夜』との類似が多く、影響をうけていることは明らかです。『十二夜』は、人物の入れ替わりと、それにともなう恋の勘違いの喜劇、祝婚劇です。『夢の家』も、人物の奇想天外な入れ替わりが恋の成就《じょうじゅ》につながり、さらに三組の男女が結ばれるめでたい祝婚劇です。予想もつかない劇的な展開の長編小説をまとめる筆力に満ち満ちたモンゴメリ四十代、中期の傑作です。

✿第六巻『炉辺荘《ろへんそう》のアン』（一九三九年）*Anne of Ingleside*

原題「イングルサイドのアン」は「炉辺荘《ろへんそう》という屋号の家のアン」という意味です。

エピグラフは、第四巻『風柳荘《ウインディ・ウイローズ》』と同じように、ありません。

献辞には、［W・G・Pへ］と、イニシャルのみ記《しる》されています。

この人物はウィラード・ガン・プリチャード（一八七二〜九七）といい、第五巻『夢の家』を捧げたローラの兄です。モンゴメリが一八九〇年の夏、十五歳からサスカチュワン州プリンス・アルバートで暮らしたときの男友だちでした。

彼はモンゴメリより二歳年上で、愛称はウィル。十代のモンゴメリを愛した青年であり、アンより二歳年上のギルバート（愛称はギル）のモデルとされています。

しかしモンゴメリは継母との同居がむずかしく、翌一八九一年、島へもどります。彼女がプリンス・アルバートの町を離れる前夜、二人が最後に会ったとき、十八歳のウィルが、十六歳のモンゴメリに渡した手紙には次のように書かれています。

［きみがここを発つので、ぼくがどんなに寂しいか、きみにはわからないでしょう。ぼくはきみに愛情をいだいてきました。きみがプリンス・アルバートに滞在した短い間に、ああ、この短すぎる間に。ぼくたちはやっとお互いのことをわかりあい始めたばかりだと思うのに。］一八九一年八月二十六日付。

ウィルは、島へ帰ったモンゴメリに手紙を送り続けますが、一八九七年、妹のローラから、彼が流感により二十代の若さで急逝したと報せがとどきます。さらにウィルの遺品の指輪もローラから郵送され、モンゴメリはわが手にはめます。モンゴメリは自分が死んだとき、この指輪をつけたまま棺《ひつぎ》に入れてほしいと日記に書いています。モンゴメリが日記に書き残したウィルへの想いはすべて邦訳して、『炉辺荘』の訳者あとがきに収めました。モンゴメリは、彼から届いた昔の手紙を、四十代、五十代、六十代になっても読み返している様子が日記からわかるからです。

モンゴメリが十代から二十代にかけてウィルから受けとり、生涯にわたって大切に保管していた手紙の束は、二〇二四年、モンゴメリの孫のケイト・マクドナルド・バトラーさんがプリンス・エドワード島大学図書館に寄贈されました。ウィルが黒いインクの万年筆で綴《つづ》った筆跡はたいそう美しく、愛する女性への手紙は、かくも整った字で書かれるのかと、一字一句に感銘をおぼえ、涙のにじむ思いがしました。

二十歳ごろのウィルの写真を見ると、唇をわずかにゆがめてほほえんでいます。『アン』第15章に初登場するギルバートも唇をひねっているとモンゴメリは書いています。ウィル亡き後、『アン』を執筆していた三十代のモンゴメリの脳裏には、十代のウィルの面影《おもかげ》が浮かんでいたのでしょう。

『炉辺荘』はモンゴメリの生前最後に刊行された長編小説です。その作品を、若い日の自分を愛しつづけてくれた思い出の青年ウィルに捧げたのです。

✿『炉辺荘のアン』の物語

アンと夫は、新婚時代の小さな「夢の家」からグレン・セント・メアリ村の大きな屋敷「炉辺荘《イングルサイド》」へ引っ越します。アンは三十代になり、三人の息子と双子の娘たちの五人を育て、末娘のリラを出産して三男三女の母となります。この家で、子どもたちのそれぞれの個性、可愛らしい悩みと失敗、冒険に寄りそうアンは、マシューのような深い慈愛で子どもを愛《いくつ》しみ、マリラのように落ち着いたしつけをする賢母《けんぼ》です。まさしくアンは、グリーン・ゲイブルズのマシューとマリラに育てられた娘だったのだと、感慨深いものがあります。

アンの夫は医師として村人の信頼を集めますが、多忙から家庭生活はついおろそかになり、アンは結婚十五年めにして中年夫婦の倦怠も案じます。しかし結末は安堵の展開となり、二人はイギリスやイタリアなどヨーロッパ旅行へ出かける約束をします。

この小説の炉辺《ろへん》とは、暖かく薪《まき》が燃える暖炉のまわりの家族の憩《いこい》であり、家庭生活の喜びが存分に描かれます。手作りの食事と菓子、ガーデニングと園芸の花々、アイルランドのレース編みやリンド夫人が棒針で編んだ林檎の葉模様のベッドカバーといった手芸、犬、猫、こまどりといった動物たち……。

ことに料理上手な家政婦スーザン・ベイカーが、料理用の薪ストーブで焼くパン、朝食のマフィン、メイプル・シュガー・パン、さらにジンジャーブレッド、アップル・クランチ・パイ、クィーン・プディング、ジャム巻きプディング（『炉辺荘』のカバーの菓子）、金銀ケーキ、フルーツパフ、プラム入りのバースデー・ケーキ。そしてグラタン風ポテト、パースニップの付け合わせ、ラムの脚のロースト、胡瓜《きゅうり》のピクルス、ビーフ・ステーキと炒めた玉ねぎなど、昔風のごちそうに古き良き家庭の安らぎがあふれています。

その後に始まる第一次大戦（一九一四〜一八）を描いた第八巻『アンの娘リラ』（一九二

二）では、スーザンは、戦時下の政府の指示にしたがい、小麦粉やバター、砂糖を節約したケーキと戦時パンを焼くことになります。この窮乏生活と対比するために、モンゴメリは意識的に、その後に書いた『炉辺荘』でカナダの豊かな食文化を描いたものと思われます。

✿第七巻『虹の谷のアン』（一九一九年）*Rainbow Valley*

第一巻から第六巻までは、主人公はアンであり、原題にアンの名前が入りました。しかし第七巻の原題は「虹の谷」で、アンの名前はありません。本作の主人公はアンが暮らす村に来た、妻を亡くした牧師とその子どもたちです。カナダで発行された原書初版のカバーのイラストは、金髪の女性ローズマリー・ウェストです。

『虹の谷のアン』（以下『虹の谷』）のエピグラフは、十九世紀米国の詩人ロングフェローの詩「失われし青春」の一行です。

若き日の想いは、遠い遠い想い

この一節を、モンゴメリは、第二巻『青春』の最後の章でも用いて、アンの少女時代がすぎ去っていくことを暗示していました。

第七巻『虹の谷』では、アンの子どもたちの無邪気な少年時代と少女時代が終わっていくことを意味するエピグラフです。

さらにロングフェローの詩の第五連には、詩の主人公の男性が、かつて少年の日に、イギリス領カナダとアメリカが戦った英米戦争（一八一二〜一四）の海戦の大砲の轟《とどろ》きと、栄誉の戦死をとげた船長や兵士が眠る墓に胸を熱くしたことも書かれています。

これは本作『虹の谷』の結末で、アンの長男ジェムが勇敢な兵士にあこがれ、自分を戦争につれだす「笛吹き」に胸はやらせる姿を伝える前触れとなっています。モンゴメリは、第七巻でも、巻頭のエピグラフと結末のつながりを意識しているのです。

献辞には、「祖国の平和な谷の神聖を、侵略者の蹂躙《じゅうりん》から守り／尊い犠牲となった／ゴールドウィン・ラップ、ロバート・ブルックス／そしてモーリー・シーアを追悼《ついとう》して」とあります。

『虹の谷』は第一次大戦（一九一四〜一八）中に執筆され、終戦翌年の一九一九年に発行されました。モンゴメリは、自分が住んでいるオンタリオ州リースクデイル村から、大戦に出征して戦死した三人の若者にこの小説を捧げたのです。

✿『虹の谷のアン』の物語

本作では、母親を亡くした牧師館の子ども四人と、アンの子どものうち年長の四人、そして農家で虐待されて逃げてきた孤児メアリ・ヴァンスの九人が、緑豊かな「虹の谷」に遊びます。虹は七色に美しく光って空にかかりますが、その輝きは儚《はかな》く、いつか消えていくものの象徴です。

アンの子どもたちの楽しく夢のような子ども時代も、いつしか彼らが若い大人に育って「遠い遠い想い」になっていき、やがて戦意昂揚《せんいこうよう》の笛を吹く「笛吹き」がきて、カナダの青年たちを第一次大戦へつれていく……、その予感で終わる異色作です。

『虹の谷』の面白さは、モンゴメリが得意とする、それぞれ性格が異なる子どもたちが綾《あや》なす群像劇のドラマチックな魅力にあり、冒険好きなアンの長男ジェム、文学と夢幻《ゆめまぼろし》の空想を愛する次男ウォルターの違いがきわだちます。

ウォルターが語る西洋の伝説、たとえば中世キリスト教国の修道王の物語、十字架を背負ったイエスを嘲笑《ちょうしょう》したために世界を流浪する宿命を負わされた「さまよえるユダヤ人」、地下の鉱脈や水脈のありかを教えてくれる「占い棒」、日本の民話「天女の羽衣」につらなる伝説「白鳥の乙女」、「聖杯の物語」など、興味深いところです。

夢見がちな少女だったアンとは異なり、実際家でたくましい孤児メアリ・ヴァンスの野性的な強さ、そして彼女が良き家庭にひきとられ、愛されて変わっていく姿も、読みごたえがあります。世間の酸《す》いも甘いも知った中年の男女二組が大人の愛を燃えあがらせていく恋物語《ロマンス》のなりゆきも読ませるところです。

主人公は牧師の一家であり、小さな村の教会を切り盛りする牧師と子どもたちの生活が描かれるあたりは、執筆当時に牧師夫人だったモンゴメリの日常も垣間見ることができます。多彩な面白さに満ちた一冊と言えるでしょう。

✿第八巻『アンの娘リラ』（一九二一年）*Rilla of Ingleside*

原題に「イングルサイドのリラ」とあるように、主人公はアンの末娘リラです。

時代背景は第一次大戦。一九一四年六月のサラエボ事件から、戦争が終わり、一九一九年の春に兵隊が復員するまでの長編文学です。

エピグラフは、次の三行です。

今もわれらの胸には、

彼らの若き姿が、永遠《とわ》にのこる
かくも輝かしく、青春の命を捧げし者たちの

シアード

モンゴメリと同時代のカナダの女性詩人、作家のヴァーナ・シアード（一八六二〜一九四三）の詩「若き騎士たち」からの引用です。これは第一次大戦中にフランスやベルギーのフランドル地方で、ドイツ軍などと戦って命を落としたカナダ兵を讃《たた》える詩です。

献辞は、「一九一九年一月二十五日の夜明け、／私のもとから去った／……真実の友にして、／比類なき個性、誠実で勇気ある人／フレデリカ・キャンベル・マクファーレンの／思い出に捧げる」とあります。

フレデリカは、モンゴメリの母方のいとこであり、親しかった年下の女性です。母方のおばの嫁ぎ先、プリンス・エドワード島パーク・コーナーのキャンベル家の娘で、島で教師をつとめ、ケベック州の大学に学んだ知的でユーモアあふれる女性です。フレデリカは第一次大戦が終結した二か月後、当時、世界的に流行していた新型インフルエンザの「スペイン風邪」にかかり、三十六歳で急死しました。フレデリカの夫は出征して復員前であり、モンゴ

メリがフレデリカの最期を看取り、葬儀も行いました。若いフレデリカへの哀惜《あいせき》の念をこめて、第一次大戦のカナダを描いた『アンの娘リラ』（以下『リラ』）を捧げています。

✿戦争文学の傑作『アンの娘リラ』

この小説は十代のリラの視点で、第一次大戦中のカナダの暮らし、祖国のために兄や恋人が志願兵としてみずから進んで出征することへの誇らしさと相反する不安といった複雑な心境、悲惨な塹壕戦《ざんごうせん》を戦う兵士の恐れと覚悟、そして戦地へ行った兵士とリラとの初恋を描きます。

この大戦にカナダからは六十万人の男性が、愛する妻と子ども、恋人、姉妹、親と別れて、大西洋をこえて戦地に渡り、六万人が命を落としました。

第一次大戦の小説というと、ドイツ文学ではレマルク『西部戦線異状なし』、アメリカ文学ではヘミングウェイ『武器よさらば』が知られていますが、大長編小説『アンの娘リラ』は第一次大戦の始まりから終戦までのヨーロッパ諸国とバルカン半島の戦況、塹壕戦の兵士の心理、そして息子や恋人を戦場に送った銃後の家庭が戦争にとりこまれ、市民も国家総力戦に巻きこまれていく変化を徹底的に描いた戦争文学です。

✿アン・シリーズのエピグラフと献辞

モンゴメリは晩年の一九三〇年代に出た『風柳荘《ウインディ・ウイローズ》』と『炉辺荘』をのぞく六作品の冒頭に、エピグラフとして詩の一節を置いています。『アン』では英国詩人ブラウニング、『青春』は米国詩人ホィティアー、『愛情』は英国詩人テニスン、『夢の家』は英国詩人ブルック、『虹の谷』は米国詩人ロングフェロー、『リラ』はカナダの女性詩人シアードの詩です。

これらの詩人は、二十一世紀の私たちにとっては遠い昔の人々です。しかしモンゴメリにとっては、彼女の少女時代にはまだ存命であり活躍していたのです。モンゴメリは娘時代に憧れ、文学的に鼓舞してくれた詩人たちの一節に深い意味をたくして、自著の冒頭を飾ったのです。

献辞では、『アン』は亡き両親に、『青春』は恩師スミス先生に、『愛情』はシリーズの続編を待っていた娘たちに、『風柳荘《ウインディ・ウイローズ》』はアンの友だち、すなわち愛読者に、『夢の家』は少女時代の親友ローラに、『炉辺荘』はモンゴメリを愛し、夭折《ようせつ》した青年ウィルに、『虹の谷』はモンゴメリの村から出征して戦死した三人の若者に、『リラ』は急逝したいとこフレデリカに捧げています。

こうしてみると、捧げた相手のうち、七人が執筆当時は、すでに故人です。明るいアンの世界とは対照的に、モンゴメリは亡き人への哀悼をこめて献辞を書いたのです。

✿アン・シリーズとアンの生涯

アンはノヴァ・スコシアに生まれ、親のいないさびしい子ども時代をすごしますが、プリンス・エドワード島のグリーン・ゲイブルズに来てマシューとマリラに愛されて初めて幸せな少女時代をすごします。十代でアヴォンリー村の教師となり、すがすがしい希望に満ちた青春の日々、華やかな都会で羽《は》ばたく娘ざかりの学生時代の恋愛が実って婚約し、島に帰って学校長として働くアンは世間の荒波にもまれますが、アンの人柄と誠意によってすべては解決します。そして最愛の人と結婚してグリーン・ゲイブルズを離れ、新しいわが家に暮らし、出産し、子どもたちの可愛い笑顔にかこまれる子育ての歳月を夫と家政婦スーザンと共に送ります。いつしか子どもたちは成長し、世界大戦が始まり、息子三人が戦場へ行き、アンは娘たちと後方支援の赤十字の活動をします。そして膨大な犠牲者を出した悲惨な戦争が終わります。アンはヴィクトリア朝時代の十九世紀カナダの牧歌的な農村アヴォンリーで育ち、自動車が島を走り、家に電話が引かれ、空に飛行機が飛ぶ二十世紀まで生きるのです。

アンは、幼いころに父母を喪《うしな》い、最愛のわが子との死別も経験します。アン自身も年齢を重ねて、髪に白いものがまじります。

人は必ず老いていき、病いを得て、大切な人と死に別れ、いつか自分も死んでいきます。命ある者すべてにふりかかるこの厳粛な事実を前にして私たちは、いかに人生に誠実にむきあい、生きていくべきか。その答えを、善良に生きようと心がけるアンと周りの良き人々の人生を通じて書いた文学が、長編小説のアン・シリーズ全八巻です。

モンゴメリが第二次大戦中に他界したため、アンの人生の終わりは小説にはありません。十九世紀に生まれたアンは、おそらくは第二次大戦の後にこの世を去ったことでしょう。しかし十代よりアンの物語を愛読してきて、二十代からは三十年以上かけて、やせっぽちの幼い子どもだったアンから中年のアンまでを訳した私の胸のなかには、アンが明るく澄んだ声で、明日への希望とロマンチックな夢を語る言葉が、いつもかすかに響いているような気がするのです。

原書の初版『赤毛のアン』1908年、米国、ペイジ社

『アンの青春』1909年、米国、ペイジ社

『アンの愛情』1915年、米国、ペイジ社

『アンの夢の家』1917年、カナダ、マクレランド社

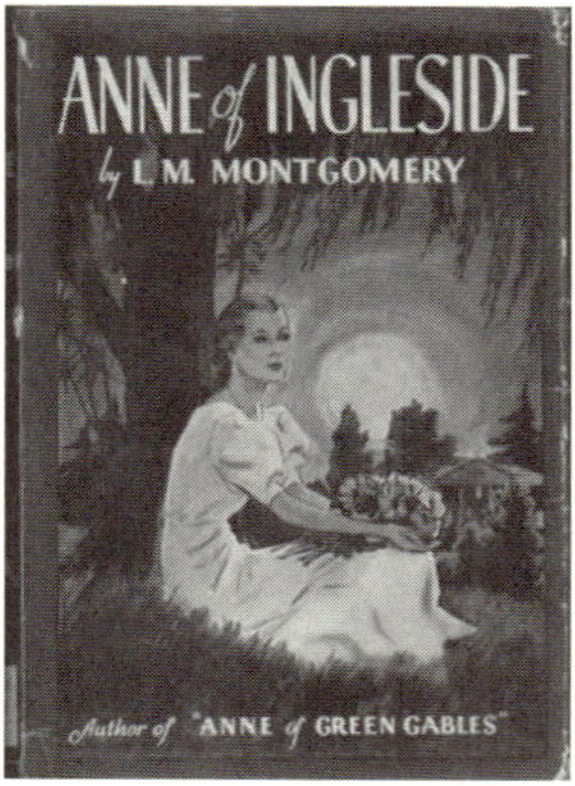

『炉辺荘のアン』1939年、カナダ、マクレランド社

春のグリーン・ゲイブルズ、キャベンディッシュ

モンゴメリが学んだダルハウジー大学、ハリファクス

『虹の谷のアン』1919年、カナダ、マクレランド社

『アンの娘リラ』1921年、カナダ、マクレランド社

二の扉

英文学

「エイヴリー奨学金は、英文学を専攻する学生に支給されるのだ。英文学を得意とするアンは、生まれ故郷ヒースの丘に立ったような心強さを覚えた。」　　　『赤毛のアン』第34章

モンゴメリは、アン・シリーズの章のタイトルにも英詩の一節をもちいて、深い意味をもたせています。ここでは第一巻『赤毛のアン』の章題からご紹介しましょう。

✿『赤毛のアン』第31章「小川と河が出会うところ」Where the Brook and River Meet

米国詩人ロングフェローの詩「乙女」（一八四二）の一節です。詩では、「小川と河が出会うところ」につづいて「女らしさと少女らしさがかけ抜けていく！」とあります。

つまり「小川と河が出会うところ」とは、少女と女性の合流点であり、この章で、小さな川のような子どものアンが、女性という大きな河へ合流することを示しています。

実際に、この章で十五歳になるアンに、いくつもの変化がおとずれます。

まず師範学校クィーン学院への進学を決めて、秋の新学期から受験にむけて勉強に力を入れます。良き教師になろう、立派な大人になろうと真剣に考え、マリラに語ります。

「大人になる時って、じっくり考えたり、決断しなければならないことがたくさんあるのね。よく考えて、何が正しいか決める、そのくり返しでいつも忙しいの。大人になるって、真剣にとり組むべきことなのね、マリラ。でも、マリラやマシュー、それにアラン夫人、ステイシー先生のようなすばらしい大人と親しいのだから、私も立派な大人にならなくてはいけないわ。」第31章

勉学に励むアンの日々を、モンゴメリは、次のように描きます。

「冬の日々は、愉しく、忙しく、幸福で、飛ぶように過ぎていった。これまでと変わらず授業は面白く、クラスでの順位競争にも張りあいがあった。意欲的なアンの目の前には、思想、感情、野心の面で、新鮮な魅力に満ちた初めて学ぶ知識の世界が、晴れやかに開けていくようだった。

丘のむこうにまた丘は連なり、アルプスの彼方にまたアルプスはそびゆ」第31章

「丘のむこうにまた丘は連なり……」はイギリスの詩人、批評家アレグザンダー・ポープ（一六八八～一七四四）の『批評論』（一七一一）の一節です。アンが勉強すればするほど、視野が広がり、めざす目標が高くなっていく勉学の進展、精神の成長を伝えています。

そんな日々に、アンの体も成長していきます。

「アンの身長はのびた。あんまり急に大きくなったので、ある日、マリラは、並んで立っているアンのほうが背が高いことに気づいて、はっとした。

「あらまあ、アン、大きくなったねえ！」マリラは信じられないといった面持ちで言った。その言葉につづいて、ため息がもれた。アンの背が自分を越すほどになり、妙に名残《なごり》惜しいような寂しさを覚えたのだ。マリラに、人を愛するということを教えてくれた小さな子どもは、いつのまにか消えてしまい、その代わりに、目の前には、背が高く、真剣な眼差《まなざ》しをした十五歳の少女が、思索的《しさくてき》な顔つきをして、小さな頭を誇らしげにそらして立っていた。」

第31章

身体のほかにも、アンは変わります。

「その一つは、前よりずっともの静かになったことだ。おそらく、前にも増してもの思いにふけり、また、かつてと同じように夢想を楽しんでいるのだろうが、めっきり口数が少なくなった。マリラもこれには気づいて言った。

「あんたは、前の半分もしゃべらなくなったね。大げさな言葉づかいもあまりしなくなったし、どうしたんだね？」

アンは頬を染め、はにかむように笑うと、読みさしの本を置き、夢みるように窓の外を眺めた。春の陽ざしに誘われて、窓辺のつたから、赤い芽が萌《も》えいで、ふっくらしていた。」

第31章

言葉少なく、頬を染めてはにかむアンの夢みるようなまなざしのさきには、窓に春の陽ざしがふりそそぎ、赤い芽がふくらんでいます。春の陽ざしも、ふっくらした赤い芽ばえも、十代半ばとなった娘らしいアンの姿を思わせます。まさにアンは、章題の通り、少女から大人の女性への合流点にさしかかったのです。

第31章のほかにも、英詩や聖書の名句をつかった章題があります。

アンが髪を染めたところ緑色になる第27章「虚栄心、そして苦悩」Vanity and Vexation of Spirit は、旧約聖書「コヘレトへの言葉（伝道の書）」からとられています。

アンが小舟に横たわり、川を流れて溺れそうになる第28章「不運な百合の乙女」は、英国詩人テニスンの詩「ランスロットとエレーン」の二行目にある「エレーン、アストラットの百合の乙女」のもじりです。

アンの家族が亡くなる第37章「死という命の刈りとり人」The Reaper Whose Name is Death は、米国詩人ロングフェローの詩『刈りとり人と花々』（一八三九）の一節です。

この詩では、「死という命の刈りとり人が／鋭い鎌で／一息に刈りとる／ふさふさした麦の穂とその間に咲く花々を」とあります。「ふさふさした麦の穂」とは、白いひげの老人の比喩《ひゆ》であり、この第37章で、老いた人の命が「一息に刈り」とられるように、突然に亡くなることを、章題が示唆《しさ》しています。

✿第二巻『アンの青春』のシェイクスピア劇『お気に召すまま』

十六歳のアンは、アヴォンリーの学校で新米教師になります。その初日、アンが緊張して教室へいき、教壇にたつと、子どもたちは行儀よく席について、新しい先生を待ちうけており、「朝日に輝くたくさんの顔」で迎えてくれます（第5章）。

「朝日に輝くたくさんの顔」shining morning facesは、シェイクスピア劇『お気に召すまま』（一六二三、初版）の第二幕第七場にある有名な台詞からとられています。小田島雄志先生の訳でご紹介します。

この世界はすべてこれ一つの舞台、
人間は男女を問わずすべてこれ役者にすぎぬ、
それぞれ舞台に登場してはまた退場していく、
そしてそのあいだに一人一人がさまざまな役を演じる、
年齢によって七幕に分かれているのだ。

これは厭世家《えんせいか》の貴族ジェークイズの台詞です。

彼は、人生は、芝居の七つの幕に分かれていると語ります。

最初の幕は赤ん坊、第二幕は小学生、第三幕は恋する若者、第四幕は名誉を求める軍人、第五幕はわいろを受けとりながら人には説教する裁判官、第六幕は衰えた老人、第七幕は赤ん坊にもどる、というものです。
貴族ジェークイズは、第二幕の小学生をさして、次のように言います。

ぐずりながら学校へ行く子どもは、かばんをぶら下げ、
the whining school-boy, with his satchel
輝く朝日を顔に受け、かたつむりがのろのろと這《は》うように、
And shining morning face, creeping like snail
いやいやながら学校に通う。(筆者訳)
Unwillingly to school.

シェイクスピアの『お気に召すまま』では、顔 face は単数形ですが、『青春』では faces と複数形です。『お気に召すまま』では子ども一人の登校風景ですが、『青春』では、アンを迎える子どもたちが、教室に大勢、待ちうけているからです。

またジェークイズが語る小学生は、「かたつむりがのろのろと這うように」creeping like snail、「いやいやながら学校に」Unwillingly to school 通うのですから、学校嫌いの子どもです。

これに対してアン・シャーリーは違います。

第一巻『アン』第24章で、モンゴメリはこの一節を、逆にもじって使っています。

［二度めの十月がめぐりきて、アンは、ようやく学校へ戻れるようになった。あたりが赤と金に色づいて輝くような十月。（略）少女たちの胸を弾ませるぴりっとする芳《かんば》しさが秋の空気には漂っていて、二人は、かたつむりとは似ても似つかぬ軽快な足どりで、いそいそと学校へかけていった。小さな茶色い机にむかい、またダイアナと並んですわるのは、なんと嬉しいだろう。］第24章

アンとダイアナは、「かたつむりとは似ても似つかぬ軽快な足どりで」tripping, unlike snails、「いそいそと学校へ」willingly to school 行くのです。

モンゴメリは、シェイクスピア劇『お気に召すまま』を使いながら、その有名な台詞に、学校が好きなアンの向学心、元気で明るい子どものイメージを醸し出しています。

✿第三巻『アンの愛情』のシェイクスピア劇『お気に召すまま』

アンが大学生活をおくる『愛情』でも、この戯曲が登場します。

大学には、アヴォンリーの同級生ギルバートも進みました。彼は『アン』では、アンの赤毛を「にんじん」と呼んでからかいましたが、少年の日より、独特な魅力をたたえたアンに恋慕《れんぼ》の念をよせています。

ギルバートは、アンが二十歳になった春、勇気を出してアンに求愛し、メイフラワーの小さな花束を捧げます。花言葉は「われ君だけを愛す」、求婚に使われた花です。

しかしアンは断ります。アンにとって、彼は同郷の良き友であり、それ以上の感情はなかったのです。

おまけにアンは、いまだ恋に恋する年ごろで、自分の理想の男性は、バイロンの出世作『チャイルド・ハロルドの遍歴』（一八一二〜一八）ばりの憂愁を帯びた黒い瞳と黒髪のロマンチックな美男子だと思いこんでいるのです。アンに断られたギルバートは青ざめ、去っていきます。

以後、ギルバートの態度が変わります。それまではアンだけに優しく、すべての学校行事にアンをエスコートしていたギルバートが、まるで他人行儀になったのです。その一方、ほかの女子学生とは愉快に冗談を飛ばして笑い、美人学生のクリスティーン・スチュアートと楽しげに外出するのです。

［ギルバートはしばらく立ち直れないのではないかと案じたが、心配には及ばなかったのだ。男は死んでうじ虫に食われてきたが、色恋沙汰で死んだためしはない。さしあたってギルバートが死ぬ恐れなど、いっこうになかった。彼は人生を楽しみ、野心と熱意に満ちていた。］
第25章

アンは、自分が求婚を断ったために、ギルバートは傷ついて落胆しているのではないかと案じていました。彼が元気そうで安堵したものの、といって、自分にふられても元気溌剌《はつらつ》としている姿は、どうも腑《ふ》に落ちない、という若い娘ならではの心境が描かれています。

さて、「男は死んでうじ虫に食われてきたが、色恋沙汰で死んだためしはない」は、シェイクスピアの喜劇『お気に召すまま』の第四幕第一場で、ヒロインのロザリンドが語る台詞です。

ロザリンドは、恋のために死んだとされるトロイラス（トロイ国の王子）をはじめとして、数々の悲恋の死をとげたとされる男の伝説は、ただの伝説にすぎず、現実の男は、色恋沙汰では死なないと言います。その言葉を、アンは、ふられても陽気なギルバートを見て拍子抜けした自分に、言い聞かせたのです。

もっともギルバートは、アンの前で平気なふりを装っていただけですが、アンは気がつきません。アンは、ギルバートとの友情を失った淡いかなしみを抱えて、かつてギルバートと散策した松林の海岸公園を一人きりで寂しく歩きます。

✿『アンの愛情』ギルバートの手紙を待つ乙女心、エドガー・アラン・ポー「大鴉《おおがらす》」

寂しさをかみしめながら晩秋の海岸公園を歩いていたアンの前に、彼女の理想通りの風貌をした名門の御曹司ロイヤル・ガードナーがあらわれます。ロイは欧州帰りの洗練された黒い瞳の美男子であり、アンはぽうっとなり、求められるままに交際を始めます。

しかしアンは、ギルバートに特別な感情を抱いていることを、モンゴメリは詩の引用で読者に伝えています。

大学の夏休み、アンはアヴォンリーに帰省します。それまでの夏はギルバートと楽しんでいましたが、その年は、彼の姿はなく、物足りない休暇をすごすのです。

「アンは《木の精の泉《ドライアド》》へそぞろ歩き、白樺《しらかば》の大木のもと、羊歯《しだ》のしげみに丸くなってすわった。すぎ去った夏の日、ここで、しばしばギルバートと腰をおろしたのだ。大学が夏休みに入ると、彼はふたたび新聞社へ働きに行った。ギルバートのいないアヴォンリーは味気なかった。手紙も来なかった。決して届かない手紙を、アンは恋しがっていた。実のところ、ロイからは週に二通も届いた。それは洗練された美文で、回顧録や伝記のなかで麗々《れいれい》しく読まれるたぐいの書簡だった。読んでいるとアンは、前にもましてロイへの深い愛をおぼえたが、不思議で、切羽《せつぱ》つまり、苦しいような胸の躍動は決してなかった。だがその感情は、ギルバートからの手紙を見たとき、アンにわきあがった。ある日、ハイラム・スローン夫人からわたされた封筒の宛て名が、ギルバートのいつもの黒インクで書かれ、縦の線を直立にひく彼の筆跡だったのだ。アンは急ぎ帰り、東の切妻の部屋に入るや、夢中で封を切った――ところがそれは、タイプで打った大学の会の報告書だった――「これだけで、それ以上は何もなかった」。」第28章

ロイは格調高い恋文を送ってきますが、アンの胸が、苦しいほどにときめくことはありま

せん。しかし、見慣れたギルバートの筆跡の封筒が届くと、アンは無我夢中で開封します。ところが中身は、タイプライターで打った大学の報告書の紙切れだけだったのです。

「これだけで、それ以上は何もなかった」は、アメリカの詩人、作家のエドガー・アラン・ポー（一八〇九〜四九）の詩「大鴉《おおがらす》」（一八四五）の引用です。

この詩は全米で読まれた人気作で、「これだけで、それ以上は何もなかった」と似たフレーズが、詩のなかで幾度もくり返されます。

詩「大鴉」の主人公は、愛する女性を喪った若い男性です。

彼は、亡き恋人を忘れられず、孤独がつのる夜、戸口で物音がすると、彼女が戻ってきたのではないかと悲しい期待に心動かされます。そうしてドアを開けてみると、闇が広がっているだけ、それだけで、それ以上は何もないのです。それでも彼は、恋人の名を呼んでみます。しかし自分の声が闇に響くだけ、それだけで、それ以上は何もないのです。

「それだけで、それ以上は何もなかった」とは、亡くなった恋人の再訪を切実に求める青年の悲しい嘆きなのです。

その一節が、アンの味気ない夏休みに引用される、すなわち本当はギルバートを愛していて、彼の再訪と手紙を心から待ち望んでいる彼女の無意識を、モンゴメリは、ポーの詩を知っている読者にむけて明かしているのです。

✿モンゴメリの美文その一『赤毛のアン』第32章「合格発表」

モンゴメリの文体の特色は、一文あたりの単語数が多く、形容詞や副詞といった修飾語が多いことです。翻訳するときは、モンゴメリが工夫して選んだ言葉を省かず、いくつもある訳語からどれがふさわしいか、文脈をよく考えて、丁寧に訳すように心がけています。

というのも、彼女の文章は長いだけでなく、一つ一つの単語に、複数の意味がこめられているからです。例として、二つの文章をご紹介します。

まず『アン』第32章「合格発表」の最後の段落です。

この場面で、十五歳のアンは、師範学校クィーン学院の入学試験をうけ、合格発表まで日数がかかって気を揉《も》みましたが、合格していました。しかも島で一位という好成績だったのです。ギルバートは同点でした。この吉報をうけたあとのアンについて、モンゴメリは書いています。

「このめでたい夕べのしめくくりに、アンは牧師館へ出かけて、アラン夫人と短いながらも真剣に語りあった。そして夜、アンは、幸せに満ちたりた気持ちで自分の部屋の窓辺にひざまずいた。開けはなった窓から、月の光が煌々《こうこう》と射しこみ、アンを照らしていた。アンは、心の底から湧き上がる感謝と抱負《ほうふ》をこめて、祈りの言葉をつぶやいた。それは、過ぎ去りし日々への感謝と、未来への敬虔《けいけん》な願いがこめられた祈りだった。そしてアンは眠りについた。真っ白な枕の上で見る夢は、乙女らしい清らかさ、輝かしさ、美しさに、満ちあふれていた。」第32章

That night Anne, who had wound up the delightful evening with a serious little talk with Mrs. Allan at the manse, knelt sweetly by her open window in a great sheen of moonshine and murmured a prayer of gratitude and aspiration that came straight from her heart. There was in it thankfulness for the past and reverent petition for the future; and when she slept on her white pillow her dreams were as fair and bright and beautiful as maidenhood might desire.

文法と英単語を説明すると、That night Anne, who…… の who は非制限用法の「関係代名詞」の主格で、アンについての説明が続きます。

つまりAnne, who had wound up the delightful evening with a serious little talk with Mrs. Allan at the manse, を直訳すると、「アンは、牧師館でアラン夫人と真剣に短い語らいをして、その嬉しいゆうべを終えた」です。had wound up は「過去完了」の大過去、原形の wind up は「〜を終える」、manse は「牧師館」です。

次に、先ほどの関係代名詞の節をとりのぞいて読むと、次のようになります。

That night Anne, knelt sweetly by her open window in a great sheen of moonshine and murmured a prayer of gratitude and aspiration that came straight from her heart. です。

直訳「その夜、アンは開けはなった自分の窓辺で、月光の煌々たる輝きをあびて、そっとひざまずき、そして心からまっすぐに湧きあがる感謝と抱負の祈りをつぶやいた」

There was in it thankfulness for the past and reverent petition for the future;

直訳「その祈り（it）には、過去への感謝と、未来への敬虔な祈りがあった」

and when she slept on her white pillow

直訳「そして彼女が、白い枕の上で眠ったとき」

her dreams were as fair and bright and beautiful as maidenhood might desire.

直訳「彼女の夢は、乙女にふさわしく、清らかで、輝かしく、美しかった」

モンゴメリが細心の注意をはらって最もふさわしい言葉を選び、しかも多彩な語彙を使っていることが、この短い段落からも感じていただけると思います。

というのもここでモンゴメリは、現実の描写にとどまらず、象徴的な意味合いをこめているからです。

暗い夜の窓辺、月光のまばゆいばかりの輝きのなかで（in a great sheen of moonshine）、ひざまずいて祈りを捧げるアンの姿は、なんと神々しく、読み手の心にうかんでくるでしょう。月光の煌々たる輝きは、これから進学するアンの夢のまばゆさも表しています。

その祈りを終えて、アンが白い枕の上で（on her white pillow）見る夢。これも、ただ単に枕が白い、というだけでなく、十五歳の乙女の夢の清らかさ、純白さも伝えているのです。

✿モンゴメリの美文その二『赤毛のアン』第35章「クィーン学院の冬」

クィーン学院の卒業試験が近づき、同級生のジェーンやジョージーたちは落第を恐れて、猛勉強をしています。と同時に、年ごろの女の子たちは、卒業式に着るドレスについてもおしゃべりの花を咲かせます。

そのときアンは、部屋の窓から夕焼け空をながめながら、輝かしい未来に思いをはせています。それは、教員免許をとり、さらに卒業試験の成績優秀者にあたえられる大学の奨学金も勝ちとるという栄光であり、また本土の大学に進んで、学士号を手にしようという若者の夢です。第35章の最後の一段落です。

［ジェーンとジョージーがすぐにこたえ、おしゃべりはわき道へそれて服装に移っていった。しかしアンは、窓枠《まどわく》に両肘《りょうひじ》をつき、組みあわせた両手に柔らかな頬をあずけると、たくさんの夢を映した瞳で、ぼんやりと外を眺めていた。都会の屋根や塔のかなたには、夕焼け空が、明るく輝くドームのように広がっていた。それを眺めながら、アンは、若者だけが持ちうる楽天主義という金色の糸で、可能性に満ちた将来の夢を織りあげていた。前途にあるものは、すべてアンのものだった。これからの歳月には、あらゆる可能性が薔薇色に輝いてひそんでいた――一年一年は可能性という薔薇の花であり、その薔薇をたばねて、不滅の花冠を編みあげるのだ。］第35章

Jane and Josie both answered at once and the chatter drifted into a side eddy of fashions. But Anne, with her elbows on the window sill, her soft cheek laid against her clasped hands, and her eyes filled with visions, looked out unheedingly across city roof and spire to that glorious dome of sunset sky and wove her dreams of a possible future from the golden tissue of youth's own optimism. All the Beyond was hers with its possibilities lurking rosily in the oncoming years—each year a rose of promise to be woven into an immortal chaplet.

　アンが、組んだ両手によせた柔らかな頬（her soft cheek laid against her clasped hands）。この「柔らかな頬」は、柔らかな体つきの乙女の丸い頬、ふっくらした娘の若さを思わせます。

　そんなアンが「たくさんの夢を映した瞳」her eyes filled with visions で見ているのは、町の屋根と教会の塔 city roof and spire と、夕焼けに輝くドームのような丸い空 that glorious dome of sunset sky です。

　ここも、ただ単に屋根と教会の塔と空を見ているだけでなく、その高さから、アンが、人生の目標の高みへ登ろうとしていく姿が示唆されています。

　まばゆく輝くドーム形の夕焼け空も、アンの輝かしい未来の象徴です。もし、このときのアンが、窓の下にひろがる町の冷たい石畳の地面を見ていたら、別の意味合いがうまれるからです。このようにモンゴメリは、アンがながめる風景に、アンの未来の「栄光と夢」を重ねているのです。

✿『赤毛のアン』第36章「栄光と夢」

つづく第36章「栄光と夢」という章題は、英国詩人ウィリアム・ワーズワース（一七七〇〜一八五〇）の詩「幼年時代を追想して不死を知る頌《しょう》」（一八〇七）の有名な一節です。

この詩では、子どものころに何を見ても感じた世界の魔法のようなきらめきや喜びが、大人になって消えていくことが詠《うた》われます。ワーズワースの詩のように、アンが手にする「栄光（大学の奨学金）と夢（文学士号）」も、はかなく消えていくことが、詩をもちいた章題により示唆されているのです。

しかしワーズワースの詩では、「草原の輝き、花の栄光のときを、とりもどすことはできない。けれどわれわれは嘆《なげ》くまい。あとに残ったもののなかに力を見つけよう」とあります。アンが栄光と夢を失ったあとに、また新たな力を見つけていくことも、この章題「栄光と夢」は伝えています。そして実際に、アンはまた人生に新たな希望の光を見いだして、「道の曲がり角」をむかえ、『アンの青春』へ若者の歩みを進めていくのです。

ロングフェローの書斎、マサチューセッツ州

ロングフェローの胸像、英国ウェストミンスター寺院

アンとギルバートが歩く海岸公園の浜辺、ハリファクス

シェイクスピア生家、英国

シャーロットタウンの町並み、プリンス・エドワード島(以下、PEI)

クィーン学院のモデル、ホーランド・カレッジ

モンゴメリが教えた学校、ベデック、PEI

シャーロットタウンのセント・ダンスタンス教会の尖塔

ワーズワースの屋敷、イギリス湖水地方

ワーズワースが愛した湖水地方の風景、湖のきらめき

三の扉

スコットランド民族

「アンは夢見るように言った。「小さな白いスコッチローズを挿《さ》し木したんです。マシューのお母さんが、遠い昔、スコットランドから持ってきた薔薇で、マシューは、いつだって、この花がいちばん好きでした……」」

『赤毛のアン』第37章

カナダは、移民からなる多民族国家です。先住民が暮らしていた土地に、フランス、イギリス（スコットランド、イングランド、ウェールズ、北アイルランド）、アイルランド、ドイツ、イタリアなどから人々が移り住み、二十世紀からは、ウクライナ、中国、韓国、アラブ諸国、インドからの移民も多く見られます。

モンゴメリは、祖先が十八世紀にスコットランドから来たスコットランド系カナダ人です。そのため、アン・シリーズの登場人物はほとんどがスコットランド系で、一部に北アイルランド系、ウェールズ系もいます。アン・シリーズは、おもにスコットランド系のカナダ人を描いた英語文学です。

こうした民族の多様性はアメリカも同様であり、アメリカ文学の『風と共に去りぬ』では、ヒロインのスカーレット・オハラはアイルランド系で、実家の農場の屋号「タラ」は、アイルランドの聖地タラの丘にちなんでいます。中国系アメリカ人の作家エイミ・タンの小説

『ジョイ・ラック・クラブ』は中国から移民した女性たちの物語です。

三の扉では、アン・シリーズ各巻の主な人物を、民族という観点からご紹介します。

✿『赤毛のアン』カスバート家、アン、同級生たち

グリーン・ゲイブルズのカスバート家は、マシューの母がスコットランドから白いスコッチローズを持ってカナダに渡ってきたと書かれています（第37章）。一家の信仰は、スコットランドの宗教改革によって誕生したプロテスタントの長老派教会です（第25章）。そこでカスバート家はスコットランド系です。

カスバートという名字は、モンゴメリの親族にもいますが、一般には七世紀イギリスのケルト的な初期キリスト教の聖人、聖カスバート（六三四頃～六八七）が有名です。スコットランド生まれの聖カスバートについては、ケルトについて述べた四の扉で解説します。

主人公のアンは、ノヴァ・スコシア（新スコットランド）の生まれ育ちで（第5章）、スコットランド民族の伝統的な帽子のタモシャンター（第19章）と、スコットランドの乙女が未婚の印に頭にまいたリボンのスヌード（第27、28章）を身につけています。

アンは、マリラが台所の窓辺においてハーブとして使う林檎香《アップルセンテッド》ゼラニウムを、スコット

ランド語で「ボニー」（意味は良い、美しい）と名づけます。また十八世紀にイングランドに併合されて王国の地位を失ったスコットランドの悲劇的な歴史の詩、たとえば十六世紀にスコットランドがイングランドと戦って、スコットランド国王ジェイムズ四世をはじめ一万人以上が戦死して大敗を喫《きつ》したフロッデンの戦いの詩、イングランドに幽閉されて処刑されたスコットランド女王メアリの詩を愛誦することなどからも、アンはスコットランド系とわかります。

アヴォンリー校の同級生では、善良な優等生ジェーン・アンドリューズは、アンドリューズがスコットランドの守護聖人（聖アンドリュー）の名前、金髪碧眼《へきがん》の美少女ルビー・ギリスのギリスは、ゲール語由来のスコットランド人の名字です。さらに二人は長老派教会の信者ですから、スコットランド系です。

✿アンの腹心の友ダイアナ・バリー

ダイアナは、寒い冬の日にアルスター・コートというオーバー・コートを着ています（第25章）。アルスターとはアイルランド島北部の地名で、アルスター・コートは、アルスター地方の毛足の長い毛織物で作った暖かな外套《がいとう》です。

こうした特定の地名にまつわる服をわざわざ小説に書きこむとき、作家は、その地域とそれを着用する人との関連を意識しています。

たとえば日本の小説で、女性が加賀友禅の訪問着をまとっていたら、おそらく金沢出身だろうと読み手に思わせる意図があります。もし琉球絣《りゅうきゅうがすり》の着物を身につけていれば、沖縄にゆかりがある人物と推測できます。

そしてバリー家の信仰は長老派教会です。

アイルランド共和国はカトリック教徒が多いのですが、英国に属している北アイルランドのアルスター地方は、十七世紀より、対岸のスコットランドから長老派教会の信者が移り住んでいます。一六〇六年から四〇年にかけての間だけでも、長老派教会を信仰するスコットランド人が十万人、アルスター地方にきたのです（『地図で読む　ケルト世界の歴史』）。ダイアナの家族は長老派教会の信者であり、スコットランド系の北アイルランド人「アルスター・スコッツ」です。

✿レイチェル・リンド夫人

マリラの親友のレイチェル・リンド夫人は、第一巻『アン』と第四巻『風柳荘《ウインディ・ウイローズ》』で、アイルランドの諺《ことわざ》を話しています。

『アン』では、「アイルランドの諺にあるように、人は何にでも慣れる、首を吊《つ》られることにさえ」と言います（第1章）。

『風柳荘《ウインデイ・ウイローズ》』では「クリスマスに雪があれば墓場は肥《こ》えない」ためにホワイト・クリスマスになって喜びます（二年目第6章）。この諺の意味は「冬に雪がつもれば、翌年は豊作となり餓死者が出ない」というものです。アイルランドは十九世紀半ばに主食ジャガイモの不作などから約百万人が死亡した大飢饉《だいききん》を経験しています。さらにリンド夫人は『風柳荘《ウインデイ・ウイローズ》』で「アイルランドの二重鎖《ダブル・アイリッシュ・チェーン》」というパッチワークのパターンを縫っています。

リンド夫人は熱心な長老派教会の信徒です。そこから夫人も「アルスター・スコッツ」と思われます。スコットランド人が、十八世紀から新大陸カナダへ移民したように、「アルスター・スコッツ」も十八世紀からカナダへ渡っていった歴史があります。

このように『アン』において、アンと親しい人々は、アンも含めてスコットランド系とアイルランド系のケルト族です。

✿第二巻『アンの青春』のハリソン氏、教え子ポール、双子のデイヴィとドーラ

続編でも、アンが心をよせる隣人はスコットランド系です。

第1章「怒りっぽい隣人」で初登場して、アンを怒鳴りちらすものの仲良しになる初老の男性ジェイムズ・ハリソン氏。ジェイムズは、スコットランド王家スチュアート家の歴代王の名前であり、スコットランド系の男性に多い名前です。

たとえば『アン』第24章でアンが詩を暗誦する「スコットランド女王メアリ」の父はジェイムズ五世です。同じく『アン』第29章で、アンがわが身を挺《てい》して命をお守りする想像をしたスコットランド国王は、ジェイムズ四世です。

日本では、ジェイムズと言えば、映画『007』シリーズの主人公ジェイムズ・ボンドが有名です。イアン・フレミングの原作小説では、ジェイムズ・ボンドはスコットランド人と書かれています。

ハリソン氏は、島の対岸ニュー・ブランズウィック州のスコッツフォードという土地（意味はスコットランド人の川の渡し場）から来た男性です。そしてアヴォンリーでは、グリーン・ゲイブルズの隣で、からす麦を栽培しています。その畑にアンの乳牛が入りこんで麦を食べてしまい、ハリソン氏は激怒したのです。このからす麦を挽《ひ》き割りにして煮たものが、スコットランド人の朝食の定番オートミールです。

教師になったアンの最愛の教え子はポール・アーヴィング。ポールは母を亡くし、「スコットランド人気質」の祖母アーヴィング老夫人に育てられています。アーヴィングは、もともとはスコットランド南東部ケルト族ブリトン人の名前です。

アーヴィング老夫人は、毎朝、オートミールを孫息子に食べさせます（第15章）。おやつには「ショートブレッド」を焼きます。ショートブレッドは、スコットランド名物のバター分が多いビスケットで、アンは、この老夫人のこしらえるショートブレッドが大好物なのです（第19章）。

私もエジンバラへ行くと必ずショートブレッドをもとめます。昔ながらの塩気のきいたバターがビスケットの甘みを引きたて、なんとも言えないおいしさです。濃いめにいれたミルク・ティーによく合い、口のなかにバターの風味が広がります。赤いタータン・チェックの箱に入ったショートブレッドは日本にも輸入されています。

グリーン・ゲイブルズでは、マリラが、遠縁のキース家の幼い双子を引きとります。親を亡くした男の子デイヴィと女の子ドーラです。キースもスコットランド人の名字で、意味は「森」です。

名字と民族については、アジアでは、松本といえば日本人の名字、陳《チエン》は中国、朴《パク》は韓国や北朝鮮の名字です。漢字の名前でも民族によって異なるように、アルファベットの英語圏でも、スコットランド、アイルランド、ウェールズ、イングランドなど、それぞれの地域に由来する名字があるのです。

✿第三巻『アンの愛情』のフィリッパ・ゴードン

大学に進んだアンは、同級生の華やかな令嬢フィリッパ・ゴードンと親しくなります。彼女の生まれ故郷は、アンと同じノヴァ・スコシアのボーリングブルックです。

ボーリングブルックはモンゴメリが作った架空の地名で、実在のイギリスの政治家ボーリングブルック（一六七八～一七五一）にちなんでいると思われます。彼は、一七〇七年にスコットランドがイングランドに併合された後、スコットランド王家スチュアート家の王子を英国王として擁立します。そこでアンとフィリッパには、スコットランド王家復活主義者の印象があります。

実際に、フィリッパはアンを「クィーン・アン」と呼びます（第5章）。アン女王（一六六五～一七一四）は、スチュアート家出身で最後に王座に就いたイギリスの女王です。

フィリッパの名字ゴードンは、スコットランドの名門貴族の名前です。なかにはスコットランド王家スチュアート家復活の活動をした「ジャコバイト」の公爵もいます。「ジャコバイト」とは、スコットランド歴代国王の名前ジェイムズのラテン語ジェイコブス Jacobus に由来します。

フィリッパの母はバーン家 Byrne です（第4章）。バーンはゲール語由来のアイルランド人の名字です。フィリッパはスコットランドとアイルランドの血をひくケルト族なのです。

アンは大学二年からは一軒家「パティの家」で女友だちと共同生活を始めます。「パティの家」で同居する、茶目っ気があり魅力的な会話をする老婦人は、ジェイムジーナおばさんです。その名は父親のジェイムズにちなんでつけられていますから（第9章）、やはりスコットランド系の気配があります。

ギルバートと仲良くなる黒髪の堂々たる美女クリスティーン・スチュアート。スチュアートはスコットランド王家の名字でもあり、スコットランド系です。

このようにノヴァ・スコシア（新スコットランド）を舞台にした恋愛小説『愛情』には、スコットランド人の誇りと歴史の気配が色濃く漂っています。

✿第四巻『風柳荘《ウインディ・ウイローズ》のアン』の人々

大学を出たアンは、島に帰って学校長となり、塔がある家「凮柳荘《ウインディ・ウイローズ》」に下宿しています。大家さんは、マコーマー MacComber 夫人とマクレーン MacLean 夫人。マク Mac の意味は「……の息子（……の分家）」であり、スコットランド人の名字に見られます。

モンゴメリが最晩年の六十代に書いた本作は、ほぼ全員がスコットランド系といっても過言ではありません。

アンの教え子で、高校の演劇でスコットランド女王メアリ・スチュアートを熱演するソフィ・シンクレア、アンに敵対するものの、ある事件をきっかけにアンに謝罪して良き隣人となるプリングル一族、凮柳荘《ウインディ・ウイローズ》の隣のキャンベル家、すべてがスコットランド人の名字です。

アンが働く高校の副校長で、アンに冷淡に接する倹約家で人づきあいの悪いキャサリン・ブルック。彼女は、クリスマス休暇にグリーン・ゲイブルズに泊まってアンやマリラと親しく交流して生まれ変わり、生き方も装いも一変する女性です。彼女は子どものころ、親戚の家でスコットランド伝統のタモシャンター帽をかぶっています（二年目第5章）。

✿第五巻『アンの夢の家』の人々

結婚したアンは、フォー・ウィンズの内海の新居にうつり、近くで農場を営むミス・コーネリア・ブライアント、灯台守のジム船長、夫を介護するレスリー・ムーアと知り合います。

アンの生涯にわたる良き隣人となるミス・コーネリアのブライアントは、ウェールズとイングランドの名字ですが、長老派教会の熱烈な信徒ですから、スコットランド系と思われます。

ジム船長のジムはスコットランド人に多いジェイムズの愛称です。またジム船長は、アンのことを、「ブライスの奥さん Mistress Blythe」と呼びます。「ミストレス Mistress」は英語では「女主人、愛人」という意味ですが、スコットランド語では「～夫人」ですから、ジム船長はスコットランド系とわかります。

数奇な運命を歩むレスリー・ムーアのレスリーは、スコットランド語で「西洋柊《せいようひいらぎ》の庭」で、ケルト的な名前です。

夫のいるレスリーを愛して苦悩する新聞記者のオーエン・フォード。オーエンはウェールズ語で「若き勇士」。やはりケルト族の名前です。

✿第六巻『炉辺荘のアン』の人々

この作品はアンの子どもたちの成長物語であり、アンの親しい友は、第五巻『夢の家』から登場する良き隣人ミス・コーネリアと家政婦のスーザン・ベイカーのみです。またモンゴメリの生前最後に刊行された本作は、短編小説を集めたような構成で、アンとは関わりのない登場人物が多く、私が数えたところでは、少なくとも三百七十人いました。

この小説を捧げたモンゴメリの少女時代の男友だちウィラード・ガン・プリチャードについて言えば、プリチャードはウェールズ人の名字でケルトです。

✿第七巻『虹の谷のアン』の人々

主人公は、村に赴任してきた牧師のメレディス一家。牧師の名前はジョン・ノックス・メレディス。十六世紀にスコットランドで宗教改革をおこない、プロテスタントの長老派教会を始めた神学者の名前がジョン・ノックスであり、この歴史的な人物にちなんでいます。モンゴメリはジョン・ノックスが長老派教会をおこしたエジンバラに一九一一年の英国旅行で行っています。

この巻の新しい人物である孤児のメアリ・ヴァンスは、初登場の場面で、スコットランド高地《ハイランド》のタータンを着ています（第5章）。ヴァンスは、スコットランドと北アイルランドの名字です。またアンと同じノヴァ・スコシア出身です。料理も針仕事もうまくて節約家で働き者のメアリは、いかにもスコットランド人気質を体現している女の子です。

✿第八巻『アンの娘リラ』の教師ミス・オリヴァー

アンの炉辺荘には、リラの教師ミス・オリヴァーが下宿して家族として暮らします。オリヴァーはスコットランド高地《ハイランド》の名字です。彼女は予知夢を見る不思議な霊力の持ち主で、ケルト的な神秘主義を信じています。

カナダには、カトリックの信者であるフランス系やイタリア系、また中国系など色々な民族がいますが、アン・シリーズはスコットランドに誕生した長老派教会を信仰するスコットランド系の人々の大河小説であるとわかります。モンゴメリ自身、自分の祖父母たちから聞いた祖国スコットランドの伝統を楽しみながら小説に書き入れたのでしょう。

✿スコットランドの伝統的な食事

アン・シリーズには、スコットランド伝統の食事も描かれます。

『アン』では、マシュー行きつけのよろず屋はカーモディという村にあるブレアの店です。ここでマシューは、可愛いアンのために、チョコレートキャラメルを買いもとめます。アンはキャラメルと言っていますが、スコットランド系の老人マシューは、スコットランド語で

「飴ちゃん sweeite」と語ります。さらにブレアはスコットランド人の名字ですから、店にはスコットランド出身の村人が集まり、スコットランドなまりが飛びかったことでしょう。

カーモディのモデルは、キャベンディッシュの西隣にある小村スタンレー・ブリッジです。今はよろず屋は見当たりませんが、昔は交差点に商店があったそうです。島でも現在は大型スーパーで日用品を買うため、昔ながらの村の店は姿を消しているのです。ちなみにカーモディはアイルランドのゲール語の名字で、モンゴメリはやはりケルト族から命名しています。

オートミールの朝食は、第二巻『青春』の生粋のスコットランド人アーヴィング老夫人が作るだけでなく、第三巻『愛情』では、グリーン・ゲイブルズでも食べています（第3章）。

オートミールはからす麦（えんばく）を挽《ひ》きわりにしたものを煮て、黒砂糖や牛乳などをかけたおかゆです。底冷えがする北国スコットランドの朝は、薄いトーストよりも熱々のおかゆの方が体があったまり、元気が出るというものです。夏の島ではからす麦の畑が広がり、青い穂がゆれていました。

第二巻『青春』では、アンが敬愛する作家モーガン夫人（モーガンはウェールズの名字でケルト）を招いた食事会で、アンは、主菜のロースト・チキンにそえるブレッドソースを作ります（第17章）。ブレッドソースもスコットランドのレシピです。フランス料理のホワイトソースに似ていますが、小麦粉の代わりにパン粉を使う、とろみの強いソースです。『青春』では、双子の男の子デイヴィが、隣人ハリソン氏を手伝って赤い海藻ダルスをとりに浜へ行きます（第20章）。海藻を食する西洋人は珍しく、スコットランド人とアイルランド人の食文化とされます。カナダ東海岸では現在も天日干しにしたダルスが市販されています。私は店で見つけると買いもとめて持ち帰り、干しワカメのように水でもどしてスープの具にして味わっています。

✿スコットランドの民謡と踊り

スコットランド語まじりの古い民謡もうたわれます。

『アン』では、カーモディ村の少女ウィニー・アデラ・ブレアが、スコットランドの民謡《バラッド》をうたいます（第33章）。彼女はよろず屋ブレアの身内と思われます。ウィニーがスコットランド語混じりの祖国の民謡をうたえば、聞く人々も懐かしさに声をあわせたことでしょう。

第五巻『夢の家』では、大晦日《おおみそか》の夜、長髪の男性マーシャル・エリオットが古いスコットランド民謡《バラッド》をうたうと、ジム船長が民謡の伴奏につかわれるフィドル（バイオリン）をかなでます。やがてその音色は軽快に弾み、マーシャルとレスリー・ムーアは踊りはじめます。

第七巻『虹の谷』では、牧師館の長女フェイスが、スコットランドの舞踊ホーンパイプを踊ります。元々は水兵のダンスとされますが、脚を素早く動かしてジャンプする仕草が、スコットランド高地のダンスに似ることから、ハイランドダンスの別名もあります。スコットランドの民族楽器バッグパイプの独特の音色にあわせて踊られます。

第八巻『リラ』では、アンの長男ジェム（本名ジェイムズ）が、英国が第一次世界大戦に参戦する気配を感じて、スコットランド民謡「百人のバッグパイプ吹きと共に、皆々と」を口笛で吹きます。曲名「Wi' a hundred pipers and a' and a'」も、歌詞も、スコットランド語まじりです。歌詞には、スコットランドの勇士たちがタータンのキルト（スカート）をはいて、イングランドとの国境《くにざかい》を越えて進むぞ、とあり、愛国的で勇ましいものです。

✿スコットランド高地地方《ハイランド》の懐かしい訛《なま》り

モンゴメリの祖先は、スコットランド北西部のスカイ島出身です。スカイ島も高地地方《ハイランド》に含まれることから、アン・シリーズには、ハイランドとスカイ島も登場します。

第四巻『風柳荘《ウインディ・ウイローズ》』のアンは、職場の同僚教師のジョージについて、ギルバートへの手紙にこのように書きます。

［内気で、気だてのいい、二十歳の若者です。口ぶりにスコットランド高地《ハイランド》の気持ちのいい訛《なま》りが微《かす》かにあり、谷間に広がる夏の羊のまき場や、霧のかかる島々が目に浮かぶようです――お祖父さんがスカイ島の人なのです――］（一年目第2章）

第六巻『炉辺荘』では、ハイランドのキティおばさんと呼ばれる女性が、ウォルターの老成した魂を透視したり（第7章）、流れ星と死の言いつたえを語り（第9章）、神秘的でケルト的な霊力を示します。

第八巻『リラ』では、スコットランド高地出身のサンディ爺さんが、肌着を、英語ではなくスコットランド語で sarks と言います（第17章）。

スコットランド語は、『アン』でアンが「ボニー」と言うほか（第4章）、『青春』では教え子ポールの父アーヴィング氏が（第28章）、『愛情』ではフィリッパが（第19章）語ります。

モンゴメリ本人も、スコットランド訛りのある祖父母や語り上手な親戚から、スコットランドの昔話や民謡を、ぱちぱちと薪が燃える炉辺の夜に聞いて育ったのです。

このようにアン・シリーズには、新大陸に渡っても、祖国スコットランドの古風な伝統を守りつづけている人々の暮らしぶりが垣間見え、そこにいわく言いがたい面白さがあります。

それはまたケルト族の誇りと伝統でもあるのです。

マシューが愛した白いスコッチローズ、PEI

スコットランドの都エジンバラ

フロッデンの古戦場、英国

アンがかぶるスコットランドのタモシャンター帽

アルスター銀行10ポンド紙幣、北アイルランド

スコットランド女王メアリの本、エジンバラ城

三の扉　スコットランド民族

長老派教会をおこしたジョン・ノックスの家、エジンバラ

からす麦の畑、PEI

スコットランドの民族衣装とバッグパイプの男性、英国、エジンバラ

スコットランド衣装とバッグパイプの男性、カナダ、ノヴァ・スコシア州ハリファクス

イギリス
スコットランド
エジンバラ
北アイルランド
ダブリン
アイルランド
共和国
イングランド
ウェールズ
ロンドン

四の扉

ケルトと「アーサー王伝説」

「四人の少女にとっては、うるわしの百合の乙女エレーン、騎士ランスロット、グィネヴィア王妃、アーサー王は、実際に生きていた人物のように感じられた。」『赤毛のアン』第28章

アン・シリーズは、主にスコットランド系とアイルランド系のケルト族の物語であり、古代ケルト族の「アーサー王伝説」がたびたび登場しています。

四の扉では、アンの物語にあるケルト族と「アーサー王伝説」についてご紹介します。まずはケルトと「アーサー王伝説」の基礎知識について先に解説します。

✿ケルトとは

ケルトは、ヨーロッパの先住民です。紀元前には、南欧や北欧をのぞくヨーロッパの広い地域に暮らしていました。

古代のケルトの人々は、万物《ばんぶつ》に神が宿っていると考えていました。太陽、川、大地、森の木々、花、山、月、星など自然界のあらゆるものには神聖なる霊的な魂があると信じてあがめ、祈っていたのです。

また古代のケルトの人々は魂の生まれ変わりを信じていました。命あるものは、死んでも、

姿や形を変えて生まれ変わり続けると考えていたのです。森の木に、春に花が咲き、夏に実がなり、秋に葉がすべて落ち、冬は枯れ木に見えても、また春に若々しい緑が芽吹くように命は循環すると信じて、天地のいとなみを崇拝していたのです。こうしたケルトの汎神論と生まれ変わりは、キリスト教の教義では認めないものです。

ケルトは文字を持たなかったため、古代ギリシアや古代ローマのように、当時の人々が書き残した書物はありません。

ケルト研究の第一人者、鶴岡真弓先生によると、かつてヨーロッパ文明は、ギリシアとローマに発祥したとされてきましたが、十九世紀半ばからは、考古学と発掘技術が発達してケルトの遺跡から多くの出土品が発見され、二十世紀に研究が進んだ結果、長いあいだ冷遇されてきたケルトこそが欧州文明の基層をなしていたことが明らかになったそうです。

ケルトの民は、独特の文様を残しています。

一つは組紐《くみひも》文様。長い紐を組みあわせて編んだ複雑な美しいパターンです。紐の始まりと終わりが見えないため、命の循環、輪廻転生を表しているという解釈もあります。もう一つは渦巻《うずま》き文様です。こちらも同じように、何世代も生まれ変わる命と魂を感じさせます。

これらの文様は、ケルト族の手になる金属加工品や聖書の写本のイラスト、石造りのケルト十字などに見ることができます。

私はアン・シリーズの翻訳を通じて、ケルト美術と金属加工品にも興味をもち、ケルト族が暮らしたフランス北西部ブルターニュ地方の博物館、ロンドンの大英博物館、アイルランドのダブリンにある考古学・歴史博物館などで見学しました。

八世紀のアイルランドで作られた「タラのブローチ」は、掌《てのひら》サイズと大きく、祭祀《さいし》などの機会にローブやマントをとめたものと推測されますが、このブローチにもケルトの組紐文様が、細かな彫金細工でほどこされていました。

✿ケルト十字と長老派教会

ケルト十字は、キリスト教の十字架に、丸い輪を組みあわせたもので、やはり組紐文様がきざまれています。

丸い輪の由来は諸説ありますが、古代のケルト族が空をめぐり地上を照らす太陽をあがめた太陽信仰、そして魂の永遠の生まれ変わりを表わす円環を意味しているとされます。

ケルト十字に興味をもったきっかけは、一九九〇年代に、アン・シリーズの翻訳調査のためにカナダへ行き、モンゴメリが通った島の長老派教会や、モンゴメリが牧師夫人を務めたオンタリオ州の長老派教会を訪れると、祭壇に、金色のケルト十字が飾られていたことです。アンとマリラ、リンド夫人が行った長老派教会にも、ケルト十字が光っていたはずです。

それ以来、私はケルト十字の異世界にも通じるような不思議な美しさの虜《とりこ》となり、各国でケルト十字の写真を撮っています。六世紀にキリスト教が初めてスコットランドに伝わった聖地アイオーナ島の真夏も凍える海風ふきすさぶ古い修道院（モンゴメリも一九一一年に訪問）に立つケルト十字、北イングランドの湖水地方の鄙《ひな》びた村の教会にそびえる高いケルト十字、古代アイルランドでケルト族が祭祀をとりおこなった聖地タラの丘から発掘されたケルト十字、さらにはカナダのノヴァ・スコシア（新スコットランド）に建造された現代のケルト十字。そこに刻まれたケルトの文様の魑魅魍魎《ちみもうりょう》の美に陶酔しながら、古《いにしえ》のケルトの民がその複雑な文様に託した思いを想像するのです。

✿アーサー王とは

第一巻『アン』では、アン、ダイアナ、ジェーン、ルビーの四人の少女が、古代ケルトの「アーサー王伝説」をお芝居ごっこにして遊びます（第28章）。

ブリテン島（現在の英国本島）でも、先住民はケルト族でした。この島に暮らしたケルト族はブリトン人といいます。英語に「ブリティッシュ」という言葉があります。これもブリトンに由来します。

古代のブリテン島には、おもにケルト族が住んでいましたが、五、六世紀に「ゲルマン人の西方大移動」と呼ばれる民族移動がヨーロッパ大陸でおこり、ゲルマン人が、今の英仏海峡を船でわたってブリテン島にやってきます。

ゲルマン人は金髪碧眼で、背が高く、長い手足をしています。ブリトン人にとっては、姿が異なり、言葉も通じない異民族が島にきたため、ブリトン人は、ゲルマン人の定住を阻止しようと戦います。

その戦闘の指揮をとったのが、ケルトの英雄アーサー王ではないかと言われています。もっとも、アーサー王は伝説上の人物であり、そうした名前の王が実在したかどうかは不明ですが、少なくとも、異民族を迎え撃つ戦いの指揮官となった勇気と英知、武術と腕力にたけた男性はいたであろうと推測されています。

ところがブリトン人はゲルマン人の勢力に押され、北のスコットランドへ逃げ、また西のウェールズへ、さらに海をこえてアイルランドへ、南のフランス・ブルターニュへ移ります。

つまりスコットランド、ウェールズ、アイルランドの人々はケルト族であり、スコットランド系のアンとカスバート家、北アイルランド系のダイアナとリンド夫人は、ヨーロッパから大西洋の波を帆船でこえて新大陸へいったケルト族の末裔《まつえい》なのです。

✿「アーサー王伝説」の書物

歴史的な事実としては、ブリトン人は、ゲルマン人に敗れます。しかし、ケルトの王アーサーの物語は、吟遊《ぎんゆう》詩人や部族の長老によって、フランスやイギリスで語り伝えられます。すなわち、アーサー王は、小国に分かれていたブリテン島を一つの王国にした英雄であり、さらにはヨーロッパ全土も治めた偉大なる王であるという物語です。

時代がくだると、その伝説を多くの文人が書物にまとめます。代表的なものを五つあげます。

一つは、十二世紀初め、ウェールズの聖職者ジェフリー・オブ・モンマス（一一〇〇頃〜五五頃）が、アーサー王の生涯を『ブリタニア列王史』（一一三六頃）にラテン語で書きます。ブリタニアとは、古代ローマ人がブリテン島を呼んだラテン語の地名です。

『ブリタニア列王史』は、正確な歴史書というよりは、ブリトンの王の歴史やアーサー王の生涯を、著者のジェフリーが浪漫的な空想もまじえて綴《つづ》った書です。写本として書き写され、ラテン語が読める人々に、広まっていきます。手描きのさし絵の入った写本を、ロンドンの英国図書館が所蔵していて、一部をオンラインで公開しています。

以後は、『ブリタニア列王史』のアーサー王が原型となって、いろいろな王の物語が作られていきます。

たとえば『ブリタニア列王史』が出た後、同じ十二世紀に、フランスの詩人、作家クレティアン・ド・トロワ（一一三五頃〜九〇頃）が、王に仕《つか》えた円卓の騎士ランスロ（英語名ランスロット）の物語『ランスロまたは荷車の騎士』を書きます。

また円卓の騎士ペルスヴァル（英語名パーシヴァル）が、イエスの聖なる杯《さかずき》を探す『ペルスヴァルまたは聖杯物語』なども執筆します。

十五世紀になると、イギリスの騎士トーマス・マロリー卿（一四一〇頃〜七一）が、『アーサー王の死』を英語の書物にします。その写本は、英国南部の町ウィンチェスターで発見されます。マロリー卿は、アーサー王が都をかまえたキャメロットは、ウィンチェスターだと書いています。ウィンチェスターは、中世イングランドの首都として栄えた古い都で、英国で最も古い十四世紀に創立されたカレッジがあります。

私は『赤毛のアン』の翻訳の取材のために、一九九五年にロンドンから一人でウィンチェスターに行きました。十一世紀建造のウィンチェスター城はほとんど廃墟となっていますが、その一部のグレート・ホール（大広間）に、アーサー王と騎士たちの円卓があるのです。

これはマロリー卿が『アーサー王の死』を書く前の十三世紀に、樫材《かしざい》で作られたもので、直径が五・五メートル、重さが一・二トンもある巨大な円盤です。上部中央にアーサー王の名前と肖像、まわりに二十四人の「円卓の騎士」の名前が記《しる》されています。

時代はくだり十九世紀のイギリスでは、文学と絵画にアーサー王が復活し、ヴィクトリア朝のイギリスを代表する詩人テニスンが、マロリー卿の『アーサー王の死』などをもとにした大長編詩『国王牧歌』（一八五九）を書きます。そのなかの一つの詩「ランスロットとエレーン」を、『アン』でアンは習い、このロマンチックな悲恋物語に憧れて、エレーンに扮《ふん》して小舟に横たわり、川を流れていきます。

✿アーサー王の物語

書物によって違いはありますが、王の生涯のおおまかなところは次のようなものです。

アーサー王は、英国南西部コーンウォール地方のティンタジェル城に生まれ、立派な若者に成長します。そのころ大きな岩に剣が突き刺さっていて、これを抜くことができた男がブリテンの王となると言い伝えられていました。力自慢の強者《つわもの》が、われもわれもとやって来て試しますが、誰も抜くことができません。

ところが若いアーサーが剣に手をかけると、不思議なことに、いともたやすく抜けたのです。アーサーこそがブリテンの王となる男だったのです。

彼は、のちに別の魔法の剣《つるぎ》エクスカリバーを授けられ、剣をたくみに操る勇士となり、魔法使いマーリンの助けを得て、ブリテン島と全ヨーロッパを治めます。

王は、武術と人徳にすぐれた騎士をあつめ、王都キャメロットの城で、身分の順位がない円卓に着席させます。

円卓の騎士は、ランスロット、その息子ギャラハッド、ガウェイン卿、イエスの聖杯をさがすパーシヴァル、王の甥（王の息子とする書物もある）のモードレッドなどが知られます。

王は、美しいグィネヴィアを娶《めと》り、王妃とします。こうして王国は栄華をきわめますが、内側から破滅していきます。グィネヴィア王妃が、騎士ランスロットと秘密の恋をしていたのです。

その不義の関係が公《おおや》けになり、円卓の騎士は、アーサー王の側につく者、ランスロットの味方をする者に分かれ、王国は分裂します。騎士ランスロットは、王との争いを避けるため、フランスへ去りますが、アーサー王はランスロットを追ってフランスへ攻めこみます。すると王の不在中、甥にあたるモードレッドが謀反《むほん》をおこし、王座についたのです。怒りの王は、ブリテン島に急ぎ帰り、謀反の大軍と戦い、裏切ったモードレッドを槍で突き刺します。瀕死《ひんし》のモードレッドは、最後の渾身《こんしん》の力をふりしぼり、王に剣をふりおろしてから絶命したのです。アーサー王は致命傷をおい、黄泉《よみ》の地アヴァロンへ運ばれます。

王の墓碑には「過去の王にして、未来の王」ときざまれます。つまりアーサー王は、今はいなくとも、いつか必ずこの世に帰ってくるのです。

このように「アーサー王伝説」は、王の誕生と成長、王国の始まりと滅亡のなかに、中世の騎士道物語として「円卓の騎士」の武勇と恋、イエスが最後の晩餐でつかった聖杯を探す「聖杯物語」などが加わり、華麗な物語群として発展します。

もちろん伝説それ自体が面白いのですが、それ以上に、五、六世紀のアーサー王の物語が、フランスやイギリスなどで吟遊詩人によって語りつがれ、多くの文人が書きとめて書物になり、人々の手によって書き写されて読まれ、活版印刷でさらに広まり、二十一世紀の今に伝わってきた千五百年をこえる長い年月のひとこまひとこまに、王と騎士の物語《ロマンス》に心動かされた読み手の感動があり、そうした人々がまた後世へ伝えていった……。その歴史にこそロマンをおぼえます。

現代では王の物語は映画やドラマになり、魔法の剣で戦う勇士たちのパソコンゲームにもアーサー王と円卓の騎士の影響があります。

✿アン・シリーズに登場する円卓の騎士たち

円卓の騎士たちは、アン・シリーズの各巻にも、その栄光の姿をあらわします。

第一巻『アン』では、第2章「マシュー・カスバート、驚く」の冒頭に、米国詩人ジェイムズ・ラッセル・ローウェル（一八一九〜九一）の詩「ローンファル卿の夢想」（一八四八）が引用されます。

ローンファル卿は、アーサー王の円卓の騎士の一人です。彼はイエスの聖杯を探す旅に出る前夜、イエスの夢を見て、困っている人を助ける隣人愛の実践こそがキリスト教の信仰の要《かなめ》だと気づいて人生が変わります（本書五の扉）。

『アン』第28章の「不運な百合の乙女」では、アンは、アーサー王伝説のなかの物語「ランスロットとエレーン」を演じて遊びます。

「アストラットの百合の乙女」と称されるエレーンは、騎士ランスロットに清純な恋心を寄せるものの、彼はグィネヴィア王妃に忠誠を誓っているため、エレーンの想いはむくわれず、世を儚《はかな》んで息絶えます。なきがらは小舟に横たえられ、手に恋文を持たせられて川を流れてキャメロットの城につき、恋文は騎士ランスロットのもとに届きます。

ケルト族のアンは、ケルト族のエレーンに扮して小舟に横たわり川をくだったところ、小舟は水が漏り、橋の脚にしがみついていたところを、ギルバートに救いだされます。

第二巻『青春』第30章では、アンにまた道の曲がり角が訪れ、グリーン・ゲイブルズを離れることになり、グリーン・ゲイブルズとアヴォンリーの人々の暮らしが変化するところで、テニスンの詩「アーサー王の死」（一八四二）の一節「古き秩序はうつろい、新しき秩序へ、すみやかに変わっていく」が引用されます。これは負傷したアーサー王が、この世を去っていく場面にあります。

第三巻『愛情』でも、アーサー王伝説は、一瞬のかすかなきらめきを見せています。大学生アンが書いた小説「アベリルのあがない」の主人公アベリルと結ばれる男性は、パーシヴァルなのです（第12章）。

前述のようにパーシヴァルは、十二世紀フランスの詩人、作家クレティアン・ド・トロワの『ペルスヴァルまたは聖杯物語』（一一八一頃）の主人公ペルスヴァル Perceval の英語読みです。パーシヴァルは、騎士道とは縁《えん》もなく育った少年でしたが、アーサー王の宮廷に入って修業をつみ、円卓の騎士となり、イエスの聖杯探索へ出ていきます。

一方、『愛情』では、アンが書いた短編小説に、ダイアナが、パーシヴァルの台詞《せりふ》を付け足してから、ふくらし粉《ベーキングパウダー》の懸賞広告に応募し、当選します（第15章）。ダイアナの加筆版では、物語の最後にアベリルと家庭をもったパーシヴァルが、「わが家では、ローリングス社純正品以外のベーキングパウダーは決して使うまい」と語って、めでたしめでたしで終わるのです。イエスの聖杯探索のロマンに満ちた中世の円卓の騎士パーシヴァルが、ふくらし粉の宣伝文句を語るとは！　そのギャップに、アンはがっかりし、読者は思わず笑ってしまう場面です。

第四巻『風　柳　荘《ウインディ・ウイローズ》』では、サマーサイドに暮らすアンは、婚約者ギルバートへの手紙に、サマーサイドの冬の夕景の美しさを書きながら、円卓の騎士ギャラハッドにについても触れます。

「左の窓からは、サマーサイドが一望できます。今は、雪のつもった白い屋根が親しげに連なっています——プリングル一族が友となり、ついに町の家々の屋根が親しく見えるようになったのです。あちらこちらの破風窓《はふまど》や屋根窓に灯りが小さく輝き、そこかしこから灰色の幽霊のように煙が立ちのぼっています。空の低いところに、綺羅星《きらぼし》が瞬いています。「夢を見ている町」のようです。美しい言葉でしょう？　あなたは憶《おぼ》えていらして？　「ギャラハッドは夢を見ている町を通りけり」を。

とても幸せな気持ちです、ギルバート。打ち負かされ、面目《めんぼく》を失って、クリスマス休暇にグリーン・ゲイブルズへ帰省せずにすむのです。人生はすばらしい！　すばらしいものです！」一年目第8章

アンの言葉「ギャラハッドは夢を見ている町を通りけり」は、テニスンの詩「ギャラハッド卿」（一八四二）にあります。ギャラハッドは、円卓の騎士ランスロットと、ペレス王の姫エレーンの間に生まれ、イエスの聖杯を見つけると予言される騎士です。このエレーンは、アンが扮するアストラットの乙女エレーンとは別の女性です。イエスの聖杯を見つける希望あふれる詩のギャラハッドと、プリングル一族が親しい友となったアンの幸せの予感が響きあう引用です。

『風柳荘《ウインディ・ウイローズ》』の結末にも、アーサー王伝説が登場します。結婚式をひかえたアンが、愛する婚約者ギルバートへの最後の手紙として、次の文《ふみ》を送ります。

「最愛の人へ
私はまた道の曲がり角に来ました。すぎ去りし三年の間、この古い塔の部屋で、あなたに、それはたくさんの手紙を書きました。これは最後の手紙となり、そのあとは長い、長い間、おたよりをすることはないでしょう。これからは手紙の必要はないのです。あとほんの数週間で、私たちは永遠にお互いのものとなります。私たちは一緒になるのですね。考えてみてください――私たちは一緒に暮らして、語らい、散歩をして、食事をして、夢を見て、計画を立てて、お互いのすばらしい瞬間をわかちあい、私たちの色々な夢からなる家庭を作るのです！　私たちの家です！「神秘的で不思議な」響きがしますね、ギルバート。」三年目第14章

「神秘的で不思議な」も、テニスンの詩「アーサー王の死」（一八四二）から取られています。この言葉は、詩の次のような場面にあります。

アーサー王は戦《いく》さで深手をおい、黄泉《よみ》の国アヴァロンへ旅立つとき、王の身を常に守ってくれた魔法の剣エクスカリバーを湖に沈めよと、騎士ベディヴィアに命じます。

そこで騎士が湖に投げると、「片腕が、湖の底から上がって来た／腕は白い錦織に包まれ、

神秘的で不思議なことに／その剣を握っていた」とあります。

アーサー王を守り続けた魔法の剣を湖に投げても、水面から腕が出てきて、「神秘的で不思議な」ことにその剣を握って、持ちあげたのです……。アンの夢の家は、ケルトのアーサー王の魔法の剣に守られて、「神秘的で不思議な」響きをたたえて、始まっていくのです。

いかがでしょうか。テニスンの詩「ランスロットとエレーン」に感激してエレーン姫に扮したアンは、その後もアーサー王と円卓の騎士、その武勇とケルトの浪漫を愛好したのです。

✿アンの家を守るケルト族の巨人「ゴグとマゴグ」

第三巻『愛情』で、アンは風雅な一軒家「パティの家」に一目惚れします。その家を借りたいと、アンが訪問すると、大家さんの老婦人二人が、暖炉の前にゆったりと腰かけて、編み物をしていました。

「それぞれの老婦人の後ろには、大きな白い瀬戸物の犬が、一匹ずつすわっていた。体には緑色の丸い点々が飛び、緑色の鼻と緑色の耳がついていた。アンはたちまち、この犬たちのとりこになった。パティの家の双子の守護神のようだった。」第10章一対《いっつい》の磁器の犬には、モデルがあります。モンゴメリの父の実家にあったゴグとマゴグという炉棚飾りの犬で、白地に緑色の斑点《ぶち》もようです。二〇〇〇年に、モンゴメリ家で特別に撮影させて頂きました。高さは三十センチくらいです。

モンゴメリはこの犬がお気に入りで、同じような瀬戸物の犬の飾りを、新婚旅行先のイギリス各地で探し、ヨークで買いもとめています（日記一九一一年八月二十七日付）。

ゴグとマゴグの名前の由来は二つ考えられます。聖書と『ブリタニア列王史』です。

旧約聖書には、大軍を率《ひき》いてイスラエルに攻めこんだ大君ゴグとその国マゴグがあります。新約聖書では、悪魔サタンに惑《まど》わされて神の国に敵対する二つの国です。

アンの「ゴグとマゴグ」は、アイルランドの守護聖人、聖パトリックゆかりの「パティの家」を守る犬ですから、こちらはふさわしくありません。

一方、『ブリタニア列王史』には、ケルトの巨人ゴグマゴグが登場します。ブリテン島の南西部コーンウォール地方の洞窟に暮らす巨人です。コーンウォール地方は、ケルト海をはさんでアイルランドに接するケルトの地であり、さまざまなアーサー王伝説が伝わります。

巨人ゴグマゴグは、年代がくだるにつれて、二人の巨人ゴグとマゴグに分かれ、十六世紀ごろにはすでにロンドンの守護神となり、十八世紀には木材を彫った二体の巨人像がロンドンのギルドホールの大広間に飾られます。

この彫像は、第二次世界大戦中に、ドイツ軍による空襲で失われますが、戦後、ふたたび二体の像が造られ、現在もギルドホールに鎮座してロンドンを守っています。また毎年十一月のロンドン市長パレードでは、行列用に作られたゴグとマゴグの巨大な人形が行進します。

つまりアンが愛する陶器の犬ゴグとマゴグは、古代ケルトの巨人であり、ケルト族のアンたちが暮らす「パティの家」を守護していたと言えましょう。

第五巻『夢の家』でアンが結婚すると、ミス・パティは、お祝いに、ゴグとマゴグを贈ります。アンは新居の「夢の家」へ持っていき、暖炉の棚に飾ります。するとアンの新しい友ジム船長が目をとめます。

「ジム船長はゴグとマゴグをたいそう気に入った。二匹は、パティの家にいたころと同じ風格と沈着さで小さな家の炉辺の運命を采配《さいはい》していた。

「なんともかわゆい奴らじゃありませんか」ジム船長は嬉しげに言い、二匹の犬には、この家の主人と女主人にするように、訪問と暇《いとま》の挨拶をかならずや厳《おごそ》かに述べるのだった。ジム

船長は、尊敬と礼儀を欠いて、この家の守護神の機嫌を損ねる気はなかった。」第9章

のちにアンが「夢の家」から「炉辺荘《イングルサイド》」へ引っ越しても、ゴグとマゴグは炉棚にすわっています。ゴグとマゴグは、結婚後のアンを生涯、守り続けるケルトの巨人となるのです。

✿アン・シリーズの地名の謎とき

モンゴメリはアンが暮らす家と土地に、ケルトにちなんだ興味深い名づけをしています。それらはモンゴメリが創り出した架空の屋号や地名が多く、作家の意図が隠されています。

✿「グリーン・ゲイブルズ」……『赤毛のアン』『アンの青春』

グリーン・ゲイブルズは、アンを引きとるマシューとマリラのカスバート兄妹がいとなむ農場の屋号です。母屋に、緑色の切妻屋根《ゲイブル》と破風《ゲイブル》が複数あることから名づけられています。

モデルになったのは、モンゴメリを育てた母方の祖父アレグザンダー・マクニールのいとこにあたるデイビッド・ジュニアとマーガレットのマクニール兄妹が営んだ農場です。

母屋は、一八三一年に、二人の父親が建てた古い農家で、カナダの国定史跡です。モンゴ

メリが育った母の実家マクニール家は近くにあり、彼女は子どものころから、グリーン・ゲイブルズを訪れ、あたりの森と小径、小川に親しんできました。それをもとに『アン』のお化けの森、恋人たちの小径、せせらぎ、木の精《ドライアド》の泉が描かれています。

小説では、グリーン・ゲイブルズの住人は、スコットランド系のカスバート家です。カスバートは、一般には七世紀のケルト的な初期キリスト教の聖人として有名です。彼の棺《ひつぎ》から見つかった聖書（「ヨハネによる福音書」）は、英国図書館が所蔵しています。

その表紙を英国図書館のホームページで見たところ、古代ケルト族が信じた輪廻転生を意味する組紐文様と渦巻き文様があり、感激しました。キリスト教が認めない輪廻転生の文様がある聖書が棺桶におさめられた聖カスバートは、古代ケルトの風習とキリスト教が融合したケルト的な聖人だったのでしょう。

実はアン・シリーズも、ケルトの伝統とキリスト教が重なりあう独特の魅惑に満ちています（本書五の扉）。

✿アヴォンリー……英文学とケルト族と田園牧歌の土地

『アン』の舞台アヴォンリーは、モンゴメリが育ったキャベンディッシュがモデルです。アヴォンリーはモンゴメリの造語のため、辞書には載っていません。前半のアヴォンと後半のリーに分けて謎ときをします。

アヴォン Avon は、イングランドの劇作家・詩人のウィリアム・シェイクスピア（一五六四～一六一六）の生没地ストラットフォード・アポン・エイヴォン Stratford upon Avon（エイヴォン川のほとりのストラットフォード）を流れる川の名前として知られています。またアヴォンは英語ではなく、イギリスの先住民ケルトの言葉で「川」です。

後半のリー lea は、英詩の用語で「緑の草原、まき場」です。

そこでアヴォンリーとは、シェイクスピアに代表される英文学、ケルト、緑の田園牧歌の世界であり、『アン』はそこに川のように豊かに流れる物語という意味だと考えています。アヴォンリーは、アンにとって生涯を通じて大切な故郷であり、心のよりどころとなります。

✿レッドモンド大学、ノヴァ・スコシアのキングスポート……『アンの愛情』

ノヴァ・スコシアは、アン・シリーズでは、アンの生まれ故郷であり、大学に進む土地です。これはラテン語で、意味は「新しいスコットランド」です。もともとはスコットランド女王メアリ（一五四二～八七）の息子で、スコットランド国王となったジェイムズ六世（一五六六〜一六二五）が、十七世紀に、この地の権利をスコットランド貴族に与えたことに始まります。以後、スコットランド人が移住してきました。

十八歳のアンが学ぶレッドモンド大学Redmondは、モンゴメリが一八九五年から一年間、英文学の講義をうけたダルハウジー大学がモデルです。名門エジンバラ大学にならって創建され、ダルハウジーはスコットランド貴族の名字です。一方、モンゴメリがつけたレッドモンドはアイルランド人の名字で、やはりケルトです。

町の名前キングスポートは「国王の港」。カナダの国家元首はイギリス国王または女王ですから、「英国王の港」という意味です。モデルの港町ハリファクスは、かつてはフランス領でした。そこで「この港町は英国王の土地だ」と宣言するような命名です。

✿大学一年の下宿「ハーヴィー家」セント・ジョン通り……『アンの愛情』

都会キングスポートに来たアンは、双子の大家さんミス・ハンナとミス・エイダがセント・ジョン通りで暮らす「ハーヴィー家」に下宿します。ハーヴィーという名字は、古いブリトン語ですから、ケルト族です。

セント・ジョン通りの意味は「聖ヨハネ通り」。ヨハネはイエスの十二使徒です。モデルは、ハリファクスのメイン・ストリートのバーリントン通りで、市庁舎、アンが愛する墓地公園もあります。私が翻訳の取材で初めて訪れた一九九一年には、十九世紀の赤煉瓦の建物がならぶ古風な大通りでした。現在は再開発され、モダンなオフィスビルが建っています。

✿大学二年からの家「パティの家」スポフォード街……『アンの愛情』

アンは、大学二年からはスポフォード街の「パティの家」で親しい女友だちと共同生活をします。屋号にあるパティは、五世紀にキリスト教をアイルランドに伝えたケルトの聖人、聖パトリックの女性名パトリシアの愛称です。聖パトリックには、魔法でアイルランド全土から蛇を追放したという魔術的な伝説があります。

アンは、新しいスコットランドの地で、アイルランド人の名字のレッドモンド大学に通い、古代アイルランドの守護聖人ゆかりの「パティの家」に住みますから、ケルトの濃厚な世界にいるのです。

✿風柳荘《ウインディ・ウイローズ》と塔のある家……『風柳荘《ウインディ・ウイローズ》のアン』

アンは大学を卒業すると島に帰り、サマーサイド高校の校長となり、「風柳荘《ウインディ・ウイローズ》」に下宿します。モンゴメリは近くの村で一年間、教師をつとめ、買い物をサマーサイドでしていましたから、土地勘があったのです。

「風柳荘《ウインディ・ウイローズ》」の大家さんは、ケイトおばさんとチャティおばさん。二人の名字は、マコーマー MacComber とマクレーン MacLean で、スコットランド人の名字です。スコットランド系のアンは、スコットランド系の大家さんの屋敷に下宿するのです。

面白いことに、この家には塔があります。サマーサイドには、十九世紀に建てられた塔のある風雅な豪邸が幾つもあります。

「塔のある家」は、建築用語では「アン女王復活様式」と言い、十九世紀から二十世紀にかけて北米で流行しました。アン女王は、前述のように十八世紀英国の女王で、スコットランド王家出身です。アンは、スコットランド系の大家さんの屋敷、それもスコットランド王家の女王ゆかりの「塔のある家」に暮らすのですから、ケルト尽くしと言えましょう。

✿「夢の家」とフォー・ウィンズ……『アンの夢の家』『虹の谷のアン』

新婚のアンは、フォー・ウィンズという内海の浜辺にたつ「夢の家」で新生活を始めます。フォー・ウィンズ（四つの風 Four Winds）という地名は島になく、モンゴメリが創作した地名だと思っていました。

ところが二〇一三年に、島で十九世紀の古地図を調べると、現在のニュー・ロンドン湾《ベイ》のところに、フォー・ウィンズ湾《ベイ》と書いてあったのです。ちなみにフォー・ウィンズ湾は海に開けた湾ではなく、島の内側に湖のように広がる内海であるため、「フォー・ウィンズの内海」と訳しました。

フォー・ウィンズとは、春夏秋冬の風か、東西南北の風か、どちらでしょうか？

第七巻『虹の谷』に答えがありました。アンの娘と親しくなる女性ローズマリー・ウェストが丘の上にある自分の家は風が強いことにふれて、メレディス牧師に語るのです。

「『色々な方角から風が吹いて』、ここまで上がってくるんです。ここは内海ではなく、フォー・ウィンズ（四つの風）と呼ぶべきですわ」第13章
島は海運業で栄え、『夢の家』には内海に暮らす船乗りや帆舟が出てきます。そこでフォー・ウィンズは北風、南風、東風、西風の四つの風だったのです。

フォー・ウィンズ湾に面した村で、モンゴメリの両親は一八七四年に結婚し、同年にモン

ゴメリが誕生します。モンゴメリは、自分の亡き父と母が、短いながらも幸せな新婚生活を送ったフォー・ウィンズを、アンと夫が甘い新婚時代をすごし、アンが初めて出産する土地として描いたのです。モンゴメリの亡き両親への思いに胸打たれる命名です。

✿「炉辺荘《ろへんそう》」とグレン・セント・メアリ……『炉辺荘のアン』『虹の谷のアン』『アンの娘リラ』

アンの一家は「夢の家」から、グレン・セント・メアリ村にある広い屋敷モーガン邸へ移ると、第五巻『夢の家』の結末に書かれています。モーガンとは、ブリテン島南西部のウェールズ人の名字ですから、アンはやはりケルト族の家で生活します。

アンは、この家を「炉辺荘《ろへんそう》」と名づけます。原文のイングルサイド Ingleside は英語ではなく、スコットランド語で「炉辺《ろへん》」という意味です。アンはわが家にスコットランド語で屋号をつけたのです。

イングルサイドという言葉には、電灯のない時代に、ほの暗い夜の部屋を照らす炉火の明かり、音をたてて燃えてゆれる炎の暖かさ、そのまわりに集《つど》う家族の団欒《だんらん》の楽しさと安らぎの意もふくまれています。そんな家庭に、アンは夫と六人の子どもたち、家政婦スーザンと仲睦まじく生きていく、という意味の屋号です。炉辺荘の建物のモデルは、モンゴメリの父の実家、モンゴメリ家の屋敷です。

アンの一家が暮らす村はグレン・セント・メアリ。島に実在しない地名です。意味は、グレンがケルト族のゲール語で「谷」、セント・メアリは「聖母マリア」ですから、「聖母マリアの谷」です。この地名は、『炉辺荘』以降のアンが、聖母マリアの母性愛、キリスト教の信仰、ケルトの伝統を胸にきざんで後半生を生きていくことを表しています。

ゲール語は、モンゴメリにとっては身近な言葉でした。夫のユーアン・マクドナルド牧師は島に生まれたスコットランド系で、ゲール語の話し手でした。一八七〇年生まれのユーアンが若い牧師になったとき、島にいるスコットランド系の信徒、とくに移民一世や二世の老人のために教会でゲール語まじりのお説教をしたのです。

モンゴメリは、第八巻『リラ』で、ゲール語で島民に説教をおこなった実在の牧師ドナルド・マクドナルド（一七八三～一八六七）について、ふれています。

ドナルド・マクドナルド牧師は、島の原生林を切りひらく過酷な開墾の労働、寒冷地での貧しい暮らしに苦しむ人々に、懐かしいスコットランドのゲール語混じりの胸をうつ説教をして、スコットランドからきた人々は感動のあまり泣きました。なかには恍惚《こうこつ》無我《むが》の境地となり、痙攣《けいれん》をおこす人もいました。マクドナルド牧師は四十年以上、説教を行い、島にたくさんの教会を作ったのです。

『リラ』では、家政婦スーザンが、リラの恋人ケネス・フォードに語ります。ケネスの母レスリーの旧姓は、ウェストです。

「あんたのひいおばあさんのウェストさんは、マカリスター家ですからね。その兄さんのエイモスは、信仰は『マクドナルドの人』でしてね、聞いた話では、ものすごい痙攣みたいなことを起こしたそうです」第16章

今の島はまき場や農地が広がり、島中に道路が通じています。フランス系やイギリス系の移民たちが地道な努力をかさねて美しい田園を作りあげたのです。

✿『赤毛のアン』のアヴォンリーから『炉辺荘のアン』のエイヴォンリー川へ

『炉辺荘』は、モンゴメリの生前最後に発行された本であり、アンが主人公として書かれるシリーズ最後の小説です。この『炉辺荘』の結末で、アンは、夫とヨーロッパへ旅行するこ

とになり、旅先のイングランドでは、エイヴォン川 Avon のほとりのシェイクスピアが眠る教会を照らす月の光を見るだろうとあります。

つまりアンは、エイヴォン川の岸辺を歩き、シェイクスピアが眠る教会を訪れるのです。

こうしてアンの物語は十一歳だったアンが、マシューとマリラに引きとられて暮らしたアヴォンリー Avonlea につながって、アヴォンリー村から始まる大きな円環がここで一周して閉じていくのです。

モンゴメリは、アンが暮らす家と土地の名前をスコットランド、ケルト、キリスト教にちなんで意識的に創作しています。

モンゴメリが生きた十九世紀後半から二十世紀初めにかけて、アイルランドを中心に、民話や神話、伝説などの文学におけるケルト復興主義の運動が高まりました。スコットランドでも、十八世紀にゲール語を話すこと、民族衣装のタータンのキルト（男性用スカート）を着用すること、バッグパイプを演奏することが、イングランドによって禁止された歴史があり、十九世紀には、スコットランド文化の復活運動が行われました。スコットランド系のモンゴメリにも、祖国とケルト文化の復権を願う気持ちがあったのではないでしょうか。

四の扉　ケルトと「アーサー王伝説」

「ダロウの書」の組紐文様、ダブリン大学トリニティ・カレッジ展示

「ケルズの書」の渦巻き文様、ダブリン大学トリニティ・カレッジ展示

モンゴメリが牧師夫人を務めた聖パウロ教会のケルト十字、ノーヴァル、オンタリオ州

モンゴメリが通った聖ヤコブ教会のケルト十字、シャーロットタウン、PEI

アーサー王の像。ティンタジェル城跡

アーサー王と騎士の円卓、ウィンチェスター城

聖地アイオーナ島のケルト十字、スコットランド

ケルトの巨人「ゴグとマゴグ」の彫像が設置されているロンドン・ギルドホール

シェイクスピアの生没地を流れるエイヴォン(Avon)川。ストラットフォード・アポン・エイヴォン

五の扉

キリスト教

「それでも私たちは、信仰を持っていなければならない……すべてがいちばんいいことのためにあると、私たちは、信じなければならないんだよ。」

『アンの夢の家』第19章

アン・シリーズは、牧師夫人によって書かれたキリスト教文学という一面もあります。

最も心ひかれるところは、マリラやアンといった主要人物が、イエスの愛を信じ、イエスの教えに従うことを生きる指針として、誰の人生にも訪れる嵐のときも、天の佑《たす》けがあると、前を向こうとするところです。

またモンゴメリが聖職者の妻として生活する経験をもとに書いた、牧師一家を主人公にした第七巻『虹の谷のアン』もあります。五の扉ではアン・シリーズをキリスト教の観点から解説します。

✿モンゴメリの生涯とキリスト教

筆名L・M・モンゴメリ、本名ルーシー・モード・モンゴメリは、一八七四年十一月、プリンス・エドワード島中部のクリフトン（現ニュー・ロンドン）に生まれます。

しかし一歳のとき、母親のクララが肺結核になり、母子ともどもキャベンディッシュにある母の実家マクニール家に引きとられます。母が死去すると、モンゴメリは祖父母に育てられます。

キャベンディッシュは、スコットランド系と北アイルランド系の長老派教会の信徒が暮らす農村です。モンゴメリを育てたマクニール家の祖父母アレグザンダーとルーシーも、プロテスタントの一派、長老派教会の信者でした。モンゴメリは、子どものころからキャベンディッシュの長老派教会の日曜礼拝と祈禱会に通い、家ではお祈りをしました。『アン』にも、マリラがアンにお祈りを教える場面や、日曜礼拝や水曜夜の祈禱会に、十代のアンとダイアナが出かける場面があります。

現在のカナダの都市部ではキリスト教徒は減っていますが、島にはクリスチャンが多く、日曜日の朝は教会近くに車が列をなして駐まり、信心深い人々が礼拝に集まっています。

モンゴメリは、満十五歳になった一八九〇年の夏、カナダ中西部のサスカチュワン州プリンス・アルバートへ行き、父親が再婚した継母、異母弟妹《いぼきょうだい》と生活します。この町で親友のローラ、その兄でモンゴメリを慕ったウィルと友情をはぐくみますが、一年後、島に帰ります。

一八九三年、満十八歳のモンゴメリは、シャーロットタウンに下宿して、師範学校に学びます。町では、長老派教会の「聖ヤコブ教会　Kirk of St. James」に通いました。カーク

Kirk はスコットランド語で教会、ジェイムズ James は、イエスの弟子ヤコブの英語名です。石造りの立派な教会で、祭壇に、十字架と円を組みあわせたケルト十字があります。

モンゴメリは、一年後の一八九四年、教員免許を取得して師範学校を卒業し、二十代には島の三つの村で教員をつとめます。最初は島北西部のビデフォード村でメソジスト教会の牧師館に一年間下宿して、近くの学校で教えました。

翌年からは、ノヴァ・スコシア州ハリファクスのダルハウジー大学で一年間、英文学の講義をうけます。

彼女が入学した一八九五年の直筆署名がある書類を、大学で見せていただきました。父の氏名ヒュー・ジョン・モンゴメリ、出身地プリンス・エドワード島キャベンディッシュのほかに、ハリファクスで通う教会として、フォート・マシー教会と書かれていました。もともとは長老派教会ですが、一九二五年以降はメソジストなどプロテスタントと合併した合同教会になっています。

一年の大学生活のあと、また島の教師生活にもどります。

島中部のベルモントで教え、次に南部のロウアー・ベデックで教鞭をとっていたとき、マクニール家の祖父が他界します。モンゴメリは親代わりとなって育ててくれた祖母の面倒をみるため教職を辞し、キャベンディッシュに帰ります。モンゴメリはマクニール家の敷地に併設されていた地方郵便局の窓口業務をしながら、小説を書いて、北米各地の雑誌社に自分で郵送し、不採用で返送されたタイプ原稿、または掲載された雑誌と原稿料の小切手をうけとっていました。

あわせて村の長老派教会でオルガンを弾き、日曜学校を手伝いました。この教会も、現在は合同教会になっていますが、モンゴメリが賛美歌の伴奏をした燭台つきの美しい足踏みオルガンが保存されています。

村の教会に、独身の牧師ユーアン・マクドナルドが赴任します。島に生まれ育ったスコットランド系で、ダルハウジー大学を卒業した知的な美男子でした。四歳違いの若い二人は親しくなります。

一九〇六年、ユーアンは、スコットランドのグラスゴー大学で神学を修めることになり、留学前に、二人は秘かに婚約します。『赤毛のアン』は、一九〇五年から翌年にかけて書かれていますから、モンゴメリは『アン』の執筆中に牧師と交際していたのです。

『赤毛のアン』は一九〇八年、米国のペイジ社から刊行されます。一方、ユーアンはスコットランドから帰国して、オンタリオ州で牧師をつとめます。

島で祖母の介護をするモンゴメリとオンタリオ州のユーアンは、千キロメートルをこえる遠距離で婚約を続けます。筆まめなモンゴメリは、『風柳荘《ウインディ・ウイローズ》』のアンのように婚約者に多くの手紙を送ったことでしょう。

一九一一年三月、マクニール家の祖母が亡くなり、同年七月、モンゴメリは、いとこフレデリカの実家キャンベル家で結婚式をあげ、マクドナルド牧師夫人となります。

新婚旅行では、二人の家系の祖国スコットランドへわたり、キリスト教がスコットランドに伝わった聖地アイオーナ島や、エジンバラの宗教改革で誕生した長老派の中心的教会、聖ジャイルズ大聖堂などを訪れます。それからイングランドへ南下する二か月間の大旅行を楽しみます。

モンゴメリの日記によると、目的地の多くが、アン・シリーズに引用される英文学ゆかりの場所です。私は新婚旅行先のスコットランドからイングランドまで何回かにわけて取材しました。

一九一一年九月、モンゴメリはカナダに帰国、夫が牧師として働くオンタリオ州の小村リースクデイルにある聖パウロ教会の牧師館に引っこします。子どもたちの日曜学校を運営し、牧師の冠婚葬祭の儀式を手伝って村の信者たちと交際したのです。

リースクデイルの牧師館に、モンゴメリは、第一次大戦をはさんで一九二六年まで暮らし、その十五年間に、アンの大学時代の『愛情』、新婚時代の『夢の家』、牧師一家が主人公の『虹の谷』、第一次大戦の長編『リラ』のほかに、自伝的小説エミリー三部作の一部と二部など、旺盛な創作をします。また長男チェスター、生まれた日に他界した次男ヒュー、三男スチュアートを産み、二人の息子を育てます。

一九二六年、夫が、オンタリオ州ノーヴァルの長老派教会、聖パウロ教会に異動します。一家は、教会に隣接するレンガ造りで電気設備のある牧師館にうつります。ここでモンゴメリは第四巻『風柳荘《ウインディ・ウイローズ》』の構想をねり、オンタリオ州バラを舞台にした恋愛小説『青い城』も刊行されます。

私はノーヴァルの聖パウロ教会に、一九九七年にトロントのピアソン国際空港からレンタカーで訪れてより、二十回以上訪問しました。祭壇にケルト十字の飾りがある赤煉瓦の壮麗な教会で、最前列にマクドナルド牧師一家の家族席があります。信徒の減少と高齢化により、二〇二四年二月に最後の礼拝がとりおこなわれ、教会としての役目を終えました。

一九三五年には、モンゴメリの夫ユーアンが精神的な病気のために牧師を引退。モンゴメリも牧師夫人の責務をはなれます。一家は牧師館を出て、カナダ最大の都市トロント郊外の一軒家に移ります。

その屋敷をモンゴメリは「旅路の果て荘」と名づけ、聖職者の妻ではなくなった自由な立場から『風柳荘《ウインディ・ウイローズ》』と『炉辺荘』を執筆します。そして一九四二年四月、この家で逝去します。享年六十七でした。

葬儀は、アン・シリーズに描いた最愛の故郷プリンス・エドワード島キャベンディッシュの教会でおこなわれました。墓所もキャベンディッシュにあり、セント・ローレンス湾の潮騒を遠くかすかに聴きながら、夫のマクドナルド牧師とともに永遠の眠りについています。

モンゴメリは、幼いころより信心深い祖父母と長老派教会へ通い、結婚後は、牧師夫人として教会で働き、信仰生活を送りながら二十二冊の小説と一冊の詩集を発行し、約五百作の短編を雑誌に発表しました。長老派教会の信仰とともに育ち、暮らし、祈り、書き続け、夢と希望に満ちた文学的な作品が多くの人々に愛された人生でした。

✿イエスの生涯とキリスト教の誕生

私は二〇一〇年代からゴスペル（福音）のクワイア（合唱団）に入り、聖書にもとづいた歌をうたっています。ただしキリスト教の専門家ではありませんので、イエスの生涯をごく簡単にまとめます。

イエスはユダヤのベツレヘムで生まれたと新約聖書「マタイによる福音書」などにあります。現在のパレスチナ自治区のヨルダン川西岸地区です。

父は、ナザレという村の大工ヨセフ、母はマリア。二人はユダヤ教を信じるユダヤ人です。結婚前のマリアのもとに、大天使ガブリエルが純潔の花、白百合《マドンナリリー》（『アン』第14章）を持ってあらわれ、聖霊により身ごもったと告げられます。そして約二千年前に、イエスは誕生します。

イエスは三十歳ごろ、ヨルダン川で洗礼者ヨハネから洗礼をうけて覚醒があり、神は慈愛の父であること、私たち人間は同じ仲間として、たがいを愛しなさいという教えを説くようになります。病気の人を癒《い》やし、蔑《さげす》まれている人を慰めます。イエスは、苦しみ悩める人々に慕われ、弟子が増え、大きな町エルサレムに入って教えを説くと、さらに彼を慕う民衆の数が増していきます。

ユダヤ教の指導者はイエスを警戒します。当時のエルサレムはローマ帝国の支配下にあり、ローマの役人ピラトが治めていました。ピラトは、ユダヤ教の指導者たちに言われるまま、イエスを反逆者としてとらえ、処刑するように命じます。

イエスは最後の夕食を弟子たちととります。イタリアの画家レオナルド・ダ・ヴィンチ（一四五二〜一五一九）による絵画「最後の晩餐」では、中央にイエス、その左右に六人ずつ、あわせて十二人の弟子が描かれています。

このときイエスは、「弟子の一人が、わたしを裏切るだろう」と予告します。

弟子の一人ペテロにも告げます。「あなたは今夜、鶏《にわとり》が鳴く前に、三度わたしのことを知らないと言うだろう」（新共同訳「マタイによる福音書」）

予言の通り、弟子ユダの密告によって、イエスは捕《つか》まります。

ペテロは、町の人々から「おまえが、あのイエスという男と一緒にいたところを見た、仲間だな」と言われると、「そんな人は知らない」と三度、言います。

イエスは重い十字架を背負い、ゴルゴタの丘を登っていき、頂上で十字架にかけられ、息を引きとります。その前にユダは悔恨のあまり、みずから命を絶ちます。

イエスのなきがらは墓におさめられましたが、二人の女性の前で復活します。弟子たちもイエスの復活を確かめ、イエスは天に昇りました。（「マルコによる福音書」）

この奇跡に、弟子たちは、イエスこそが世を救う救世主（キリスト）であると悟り、イエスの言葉と人格を伝えていこうと決意します。ここにキリスト教が始まります。

ペテロは、自分を守るために敬愛するイエスを知らないと嘘をついて逃げた罪を自覚し、こうした人間の弱さを許したイエスの愛に胸打たれ、はるばるローマへの道を、歩き布教の旅にでます。

しかし古代のローマ人は、太陽の神ゼウス、月の女神ダイアナなどを信じる多神教的な世界に生きていました。ローマ人にとって、一神教のキリスト教は、ユダヤ人の異教です。ペテロは、激しい迫害をうけ、処刑されます。ペテロは、イエスと同じ十字架では申し訳ないと、逆さ十字にかけられて絶命します。のちにローマには、サン・ピエトロ大聖堂（聖ペテロの大聖堂）が建てられます。

迫害にあっても弟子たちは強い信念をもって、イエスの愛の教えを説き、四世紀ごろ、キリスト教は古代ローマ帝国の国教となり、ローマ帝国の領土拡張により、ヨーロッパへ広がっていきます。

さらなる伝道によってアフリカ、アジアへ、またヨーロッパから新大陸への移民によって北米、南米へ伝わり、イエスの教えは世界中で信仰されています。

✿キリスト教の教典

教典は二つあり、一つは旧約聖書です。本来はユダヤ教の教典で、主にヘブライ語で書かれています。内容は、日本人にも有名なところでは、神による天地の創造、アダムとイヴの楽園、楽園からの追放、ノアの箱舟、バベルの塔などの物語があります。またモーセと神から与えられた律法、イスラエルの歴史、「詩篇」の詩歌、教訓をあつめた「箴言《しんげん》」、預言書などです。

もう一つの新約聖書はギリシア語で記《しる》され、イエスの生涯、弟子たちの布教、弟子の書簡などからなります。

このように聖書は、主にヘブライ語とギリシア語の書物ですので、モンゴメリが読んだ英語の聖書は、翻訳されたものです。英訳聖書は、歴史的に様々な翻訳が存在します。新約聖書を初めて英語に訳したウィリアム・ティンダル（一四九二?〜一五三六）については、第二巻『青春』で教師アンが学校で教えていることがわかる描写があります（第11章）。

モンゴメリが愛読したのは、十七世紀のイギリスで編纂《へんさん》された欽定訳《きんていやく》聖書でした。これはスコットランド女王メアリの息子でイングランド国王となったジェイムズ一世の命により英訳された聖書で、格調高い言葉が使われています。モンゴメリは、アン・シリーズに、欽定訳聖書の文語的な一節を多数、引用しています。

✿イエスの十二使徒の英語名

十二人の弟子の名前は、新約聖書にギリシア語で書かれています。

新約聖書の冒頭の書「マタイによる福音書」は、英語に訳すと、The Gospel According to Matthew、「マシューによるゴスペル」です。このようにイエスの弟子マタイの英語名は、マシュー。グリーン・ゲイブルズのマシューと同じ名前です。

同じようにマルコの英語名はマーク。ヨハネはジョン。ピリポはフィリップ、女性形はフィリッパ。ヤコブはジェイムズ。ペテロはピーター、トマスはトーマス、シモンはサイモン、アンデレはアンドリューなどです。

弟子ではありませんが、キリスト教を布教した最大の功労者としては、ユダヤ人のパウロがいます。英語名はポールです。

✿アンと親しい人々の名前とキリスト教

モンゴメリは、アンが信頼をよせる人々の名前を、キリスト教にちなんで付けています。

第一巻『アン』では、アンを育てるマシューがイエスの弟子マタイ、マリラはイエスの母のマリアから派生した名前、アンは聖母マリアの母アンナの英語名です。グリーン・ゲイブルズの三人は、親子でも夫婦でもありませんが、イエスの愛によって結ばれた家族なのです。

第二巻『青春』では、グリーン・ゲイブルズの隣に越してきて、最初はアンと喧嘩をするものの良き隣人となるジェイムズ・ハリソン氏。ジェイムズは、イエスの弟子ヤコブの英語名です。

アンが学校で教える最愛の生徒ポールは、キリスト教の布教者パウロの英語名です。

アンがグリーン・ゲイブルズでかわいがる双子の男の子で、いたずらっ子のデイヴィ。これはデイヴィッドの略称で、旧約聖書に出てくる古代イスラエルの王ダヴィデの英語名です。旧約聖書「詩篇」の多くは彼の作と伝えられ、アン・シリーズでは十か所で「詩篇」が引用されます。

ダヴィデ王には、人妻の湯浴《ゆあ》みを覗《のぞ》き見した有名なエピソードもあり、それをさして、『風柳荘《ウインデイ・ウイローズ》』で、いとこのアーネスティーンおばさんは、「だけど、ダヴィデは、ある面じゃ、あんましご立派な男じゃなかったって、あたしゃ、心配してんだよ」と言い（三年目第8章）、読者を笑わせます。

第三巻『愛情』では、アンの親友フィリッパ・ゴードンのフィリッパは、イエスの弟子ピリポの英語名フィリップの女性形です。

ちなみにフィリッパの愛称は、ピッパです。『アン』の結末で、アンが神への信頼をつぶやく台詞「神は天に在《あ》り、この世はすべてよし」は、英国詩人ブラウニングの劇詩『ピッパが通る』の一節で、これを語るのが、少女ピッパですから、やはりイエスの弟子の名前です。

第四巻『風柳荘《ウインデイ・ウイローズ》』で、アンが下宿する家の家政婦レベッカ・デュー。信心深くて情に厚いレベッカは、旧約聖書のイサク（英語名アイザック）の妻レベカの英語名です。イサクは、イスラエル民族の祖アブラハムの息子で、イエスの祖先にあたります。（「マタイによる福音書」）

風柳荘《ウインデイ・ウイローズ》の隣家の女の子「小さなエリザベス」。エリザベスは、イエスに洗礼をほどこして覚醒させた洗礼者ヨハネの母エリザベトの英語名です。聖母マリアは、受胎告知をうけたあと、エリザベトを訪問して祝福されます。（「ルカによる福音書」）

第五巻『夢の家』でアンを愛するジム船長。本名はジェイムズで、やはり弟子ヤコブの英語名です。この小説でアンは長男を授かり、アンが信頼する男性ジム船長とマシューにちなんで、ジェイムズ・マシューと名づけます。イエスの弟子のヤコブとマタイです。

アンの出産前から家政婦として来て、アンの後半生を共に暮らし、アンを愛し、アンを助け、アンに尽くすスーザン・ベイカー。スーザンは、旧約聖書「外典」に出てくるヨアキムという男性の貞淑な妻スザンナの英語名です。アンに忠実で、子どもたちを可愛がる素朴な善女にふさわしい名前と言えましょう。

『夢の家』では、アンの友人プリシラが日本にいる宣教師と結婚しています。プリシラは、イエスの教えを布教した伝道者パウロに同行した女性プリスキラの英語名で、新約聖書「ローマの信徒への手紙」に書かれます。アンの友プリシラは、その名の由来の通り、キリスト教の伝道者として日本に住んでいるのです。

第六巻『炉辺荘』で、二十年ぶりにアンの前に現れるクリスティーン・スチュアート。彼女は第三巻『愛情』で、大学生のギルバートと出かけた美しい人で、第六巻では、ギルバートに再会するため、わざわざ島までやって来ます。平行二重まぶたで目がぱっちりしているクリスティーンの名前は、「キリスト教徒」を意味する男性名クリスチャンの女性形で、信心深い印象です。スチュアートは、スコットランド王家の名字ですから、善良かつ高貴なスコットランド系のイメージです。『炉辺荘』では、その名にふさわしい展開となります。

第七巻『虹の谷』では、主人公の牧師ジョン・ノックス・メレディスは、スコットランドで宗教改革をおこない長老派教会をおこした神学者ジョン・ノックスにちなんでいます。ジヨンは、イエスの弟子ヨハネの英語名です。

このようにアンが信頼をよせる人々には、聖書にある名前がつけられています。現在では、聖書由来の名前をもつ人が、必ずしもキリスト教徒ではないことは一般的です。しかしアン・シリーズの人物名は、牧師夫人のモンゴメリが百年以上前につけたものです。グリーン・ゲイブルズのマシュー、マリラ、アンのように、イエスの愛に生きる人々を思い浮かべて命名したものと思われます。

✿スコットランドに誕生した長老派教会

カスバート家をはじめ、アン・シリーズの人々が信仰する宗派は、長老派教会です。

まず長老派教会の誕生を解説するために、キリスト教の歴史をかいつまんでご紹介します。

古い時代のキリスト教は、ローマ・バチカンに本拠地をおくカトリック教会です。十一世紀になると、ギリシア（東方）正教会が分かれて、東ローマ帝国の宗派となります。

一五一七年には、ドイツ人の聖職者マルティン・ルター（一四八三〜一五四六）が宗教改革を起こし、カトリックから離れて、プロテスタントが誕生します。ルターは、カトリックを批判して改革をもとめました。

批判された慣習の一つは免罪符《めんざいふ》です。教会が「免罪符」を売り、人はお札《ふだ》を買えば、罪を免《まぬが》れる。つまり人間のあやまちが金銭によって許され、教会の利益となるのです。これに対してルターは、人は信仰によってのみ救われると説きました。

もう一つは聖書の翻訳禁止です。当時の聖書はラテン語やギリシア語で書かれていましたが、読める人は少なく、庶民は教会で神父に読んでもらうのみでした。

ルターは一人一人が家で神の言葉を読むべしと、聖書をドイツ語に翻訳しました。見つかれば、異端者として罰せられる恐れがあるなか、ドイツ中部アイゼナハのヴァルトブルク城で、城主にかくまわれて訳業を続けます。私は、ルターが新約聖書をドイツ語に訳した城の部屋を訪ねました。モンゴメリの英文の一語一語を翻訳していた私は、聖書の一語一語を研究した真剣な訳業の場に身を置きたいと思ったのです。

ルターの宗教改革は、メディアの後押しという幸運も味方します。ドイツでは、すでに活版印刷が発明されていたのです。

活版印刷とは、アルファベットの活字（ハンコのような型）を並べて文字列や文章列にして印刷するものです。ちなみに私が作家デビューしたときは、まだ活版印刷の時代で、本の頁にかすかな凹凸があり、インクの匂いがしました。ルターが訳したドイツ語の新約聖書は、活版印刷というマスメディアの波によって、ドイツ語圏全域に広がり、革命をおこすのです。

一五四一年には、フランス人のカルヴァンが、ルター派の教会をスイスでさらに改革して、改革派教会を作ります。

この改革派教会を、スコットランドの神学者ジョン・ノックスが学んでエジンバラに帰り、一五六〇年に宗教改革をおこない、長老派教会が誕生します。そのため長老派の教えは、改革派とよく似ています。

こうして長老派教会は、スコットランド人が主に信仰するキリスト教となります。

十七世紀になると長老派のスコットランド人が北アイルランドに移ります。

十八世紀から十九世紀にかけては、北アイルランドとスコットランドの人々が新大陸へ移民するにつれて、長老派教会はアメリカ、カナダに伝播《でんぱ》します。

アメリカ東部の名門プリンストン大学は長老派教会が十八世紀に創立した大学です。長老派の勤勉の教義は、アメリカ型の資本主義とその発展に調和したと言われています。一方、今のスコットランドにはカトリック教徒も多くいます。

✿長老派教会の教えとアン・シリーズ

長老派は、聖書のみを信仰と行動の規範とします。

人が死後に救われて天国にいくか、地獄に落ちて滅びるか、それは人間の意志や行動とは無関係であり、全知全能の神があらかじめ決めているという「予定説」をとります。

神によって救われる人の印は、仕事に励み、禁欲的な生活を送る態度にあらわれる。勤労を尊び、華美をいましめる人とされます。

まさにグリーン・ゲイブルズの質素で堅実な暮らしぶりです。マシューがふだんは煙草やお酒をのまないのも、長老派の生活です。

『アン』で、アンが、袖がふくらんだ流行のパフスリーヴのドレスをほしがると、マリラは虚栄心を増長させるといって反対します（第11章）。

「予定説」も折々に語られます。

『青春』でアンが化粧水と間違えて、鼻に赤い染料を塗ったときに、アンは「こんな目にあうと、世の中には不運というものがあるって信じる気になるわ。もっとも、リンドのおばさんは、運の良し悪しなんてものはない、すべては神様があらかじめお決めになっているっておっしゃるけど」と言います（第20章）。このリンド夫人の台詞は予定説です。

第五巻『夢の家』でも、アンは、自分がやせていることも、ギルバートと結婚することも「予定説」だとユーモアまじりに語ります（第1章）。

✿長老派教会の特色とアン・シリーズ

長老派教会の特色の一つは、牧師のお説教が長いこと。『アン』では、初めて礼拝にいったアンがお説教が長かったとマリラに話します（第11章）。

次に、神学に厳しいこと。これも『アン』にあります。アヴォンリーの教会に長年つとめた老牧師が引退して新しい牧師を選ぶとき、牧師候補の説教を、信徒たちが毎週、聞きくらべます。リンド夫人は、牧師の神学の正しさを重要視して、候補の一人、アラン牧師にたいして、教義の全項目を徹底的に質問し、神学はしっかりしていると確認してから、アラン牧師に決まるのです（第21章）。

✿マシューの隣人愛、第一巻『赤毛のアン』

『アン』の主題は、隣人愛の実践です。

物語が動きだしたばかりの第2章「マシュー・カスバート、驚く」で、マシューは、農作業を手伝う男の子を迎えに駅へむかいます。

若葉が輝き、白い林檎の花が香る六月の島をマシューが馬車でゆく道中の場面に、次の二行が引用されます。

「小鳥たちは歌っていた。あたかも今日が
一年でただ一日の夏の日であるかのように」第2章

米国詩人ジェイムズ・ラッセル・ローウェル（一八一九〜九一）の詩「ローンファル卿の夢想」（一八四八）の一節です。

詩の主人公のローンファル卿は、アーサー王伝説の騎士です。彼は、イエスの聖なる杯を探す旅に出る前夜、夢を見ます。夢のなかで、彼はまさに聖杯探索の旅をしています。旅の始まりは気持ちのいい春、やがて夏となり、秋が来て、凍える真冬の日、汚れた乞食《こじき》が道に倒れていました。ローンファル卿は、自分は信仰のためにイエスの聖杯を探しているのだからと、行き倒れの男を助けます。もっていたコップで川の水をくんで男に与えると、驚いたことに赤ワインに変わります。大切な食糧のパンを与えると、焼きたての温かなパンになります。やがて天から金色の光がふりそそぎ、乞食はイエスに姿を変え、ローンファル卿に語りかけます。

「持たざる隣人を助ける者は、三人を救うことができる。助けられた隣人、助けた者、そして我イエス・キリスト」

ここでローンファル卿は夢からさめ、聖杯探索の旅をやめます。どんな器を使おうと、自分の持てる物を、持たざる者に分け与えるすべての器が聖杯なのだと悟り、隣人愛の実践こそが、信仰のかなめだと気づいたのです。

マシューが親なき子を迎えにいく場面で、モンゴメリは、この二行を引用しています。駅でマシューを待っていた女の子のアンは、農場の仕事には役に立ちません。マシューは、親もない、財産もない、何も持たないアンを引きとり、愛情をこめて育てます。マシューの隣人愛の実践により、寂しかったアンが救われ、孤独に生きてきたマシュー自身が救われ、イエスが救われたのです。

人を愛することで人は幸せになるという真理を、モンゴメリは『アン』の主題にすえて描いたのです。

第一巻『アン』はキリスト教文学です。キリスト教文学は日本にもあり、カトリックでは遠藤周作『沈黙』、プロテスタントでは三浦綾子『塩狩峠』などが知られます。

海外の小説では、北アイルランド出身のC・S・ルイスの『ナルニア国物語』はキリスト教とケルト的な精霊の融合、スイスのヨハンナ・シュピーリの『ハイジ』も、改革派教会の信仰に基づいたキリスト教文学です。

✿「生きている使徒書簡」を書くアン、第六巻『炉辺荘のアン』

第六巻『炉辺荘』では、アンの信仰と生き方が語られます。小説の後半では、ギルバートの大学時代の女友だちクリスティーン・スチュアートが島にきて、アンに、レッドモンドの学生時代のあなたは野心的だった、ちょっとした気の利いたものを書いていた、今はどうなのか、というようなことをたずねます。アンは答えます。

「「すっかりやめたわけではないわ……今は、生きている使徒書簡を書いているの」アンは、ジェムとその仲間たちを思い浮かべて言った。」第40章

使徒書簡とは、新約聖書の「ローマの信徒への手紙」や、「コリントの信徒への手紙」など、

イエスの教えを布教した弟子たちや伝道者パウロなどが、各地の信徒にあてた書簡集です。

モンゴメリは、アン・シリーズに、使徒書簡の言葉を引用しています。

第一巻『アン』第24章に出てくる「信仰と希望と愛」は、「コリントの信徒への手紙一」にあります。

「それゆえ、信仰と、希望と、愛、この三つは、いつまでも残る。その中で最も大いなるものは、愛である」

この愛は、英語の聖書ではラブではなく、チャリティ、つまり博愛、隣人愛です。

第五巻『夢の家』第3章では、アンの結婚式に参列するフィリッパ・ゴードンが、紆余曲《うよきょく》折《せつ》をへてすべてがうまくおさまったことをさして、「すべてのことが、善となるように共に働く」と喜びます。これは「ローマの信徒への手紙」の「……神を愛する者たち、神の意図によって呼びだされた者たちにとっては、すべてのことが、善となるように共に働く」（筆者訳）という節にあります。

第七巻『虹の谷』では、炉辺荘への愛着を語るアンにむけて、スーザンが、「私たちは、この世のものに、あんまり気持ちを向けすぎてはなりませんよ」と語り、世俗の物質に執着しすぎてはならないと言います。これは「コロサイの信徒への手紙」にあります。「あなた

の心は、この世のものに留《と》めるのではなく、天上のものにむけなさい」（筆者訳）

アンが「生きている使徒書簡を書いている」とは、母親のアンが、長男ジェムをはじめ六人の子らに、イエスの言葉を、書物ではなく、わが身をもって教えているという意味です。イエスの愛を伝えた弟子、使徒のように生きる。これがアンの子育ての姿勢、生きる姿勢なのです。

✿キリスト教の天地創造とダーウィンの進化論、第五巻『アンの夢の家』

『夢の家』には、キリスト教をめぐる問題が描かれています。

たとえばミス・コーネリアは、ギルバートから『宗教世界における自然の法則』という本を借りて、短い対話をします（第18章）。

『宗教世界における自然の法則』（一八八三）の著者は、スコットランド人の福音伝道者、生物学者のヘンリー・ドラモンド（一八五一〜九七）です。

この本は、キリスト教の天地創造とダーウィンの進化論をあわせたユニークなものです。

キリスト教では、旧約聖書の「創世記」にあるように、神が天地とすべての生きものを現在の姿に創られたとしています。この「天地創造」をキリスト教徒は信じてきました。

ところが一八五九年に、イギリスの自然科学者チャールズ・ダーウィン（一八〇九〜八二）

表します。

が、『種の起源』を著《あらわ》して、生物は原始的な形から、現在の姿へ進化したという進化論を発表します。

キリスト教の「神による天地創造」と、ダーウィンの「進化論」が対立して、論争となります。最初は「進化論」への風当たりが強く、人間の祖先は猿だという考えに反発する人々が大半でした。

しかし、ダーウィンと同じ生物学者だった神学者ドラモンドは、神による「天地創造」と「進化論」をあわせた「有神論的進化論」を生みだしたのです。

すなわち、世界のあらゆるものは神が創られたが、そのあと生物は進化して今の姿になったというものです。

一方、長老派教会は、信仰の規範を聖書だけに求めますから、教会も、ミス・コーネリアのような厳格な信徒も、進化論を決して認めません。

現在でも、北米では、進化論の授業をしないキリスト教系の学校が一部にあります。

私は、『夢の家』の翻訳中に、「天地創造」と「進化論」について、アメリカ人の英語教師に質問したところ、驚いたことに、彼は「進化論は、一つの仮説にすぎない」と平然と答えたのです。このアメリカ人男性は、長老派教会が設立した大学の卒業生です。知的で聡明な人物ですが、「進化論」に懐疑的な態度に、さすが長老派教会だと妙に納得しました。

ところが第六巻『炉辺荘』では、モンゴメリの態度が、がらりと変わります。『炉辺荘』はモンゴメリの夫が一九三五年に牧師を退職した後、つまりモンゴメリが聖職者の妻でなくなってから書かれました。

そのため、進化論に賛成しているわけではありませんが、態度が軟化しています。

村の男性が、「百万世代前のひい婆さんは、枝から枝へ、尻尾でぶらさがって行ったり来たりしてたんだ、それは科学が証明している、コーネリア……信じるか、信じないか、それはあんたの勝手だが」とミス・コーネリアに言うのです（第17章）。

もちろんミス・コーネリアは相手にしませんが、進化論を「科学が証明している」と語る人物をモンゴメリは登場させたのです。

二十世紀末になると、カトリックの教皇も、世界は神が天地創造によって創り、進化によって発展したとして、柔軟な考えを持つようになったようです。

✿牧師夫人モンゴメリが描くキリスト教の対話

第五巻『夢の家』には、ほかにも牧師夫人モンゴメリならではのキリスト教の話題が、ジム船長やミス・コーネリアなどの対話に出てきます。

キリスト教の信仰と教会の活動が形骸化して、ただの習慣や年中行事になりがちなことを省《かえり》みて、心からの信仰を復活させようと、伝道師が地方をまわって情熱的な説教をする「信仰復興運動」について。

長老派教会とメソジストなどのプロテスタントの宗派をあわせて合同教会をつくることについて（モンゴメリは反対の立場でした）。

また、死後の魂の不滅について、神による最後の審判について、悪魔の有無について、無神論者と異端者のちがいについて。

自分が道徳や宗教の罪をおかしているために天国に行けないと悩む宗教的憂鬱について（モンゴメリの夫ユーアンは、この不安症から鬱病になり、医師にかかっていました）。

これらは聖職者の妻だったモンゴメリの生活において、夫や信者との会話で話題にのぼったはずです。

『夢の家』は、たとえるなら日本の僧侶の妻でもある作家が、仏教徒を登場人物にして、お寺、檀家、経典《きょうてん》、葬式、布教など、仏教界をとりまく諸問題についてふれつつ書いた小説のようなものです。そうした作品はあるのかもしれませんが、稀《まれ》でしょう。『夢の家』は実にユニークな小説なのです。

✿クリスマスを禁止した長老派教会

モンゴメリが牧師夫人時代に書いた小説か、聖職者の妻でなくなってから執筆した小説か。その違いは「進化論」だけでなく、クリスマスの描写にも顕著《けんちょ》です。

というのは長老派教会は、クリスマスをイエスの誕生日として認めないからです。新約聖書にイエスの生誕は書かれていますが、十二月二十五日という日付の記載はありません。むしろイエスが生まれた夜に羊飼いたちが野宿をしている（「ルカによる福音書」）ことから、暖かな季節と思われます。

十二月二十五日という日付は、古代ローマ帝国にキリスト教を伝える際に、ローマの冬至《とうじ》の祭りにあわせたものです。

古代の農耕の民にとって、一年でもっとも日が短い冬至は、特別な一日でした。冬至は冬の最後の日であり、明くる日からは少しずつ日が長くなり、やがて春が来て、陽光の恵みに、大地は芽吹き、花が咲き、穀物が実ります。春にむかう喜びの冬至の祭日《さいじつ》をイエスの誕生日として布教したのです。

これに対して、長老派教会は、聖書のみを信仰の規範とします。クリスマスは聖書に記載がないこと、むしろキリスト教徒ではなかった古代ローマ人の異教徒の祭りとして認めませんでした。

念のために十代のモンゴメリ日記を確認すると、十二月二十五日に教会礼拝や家でお祈りをした記録はありません。

長老派の信徒にとってクリスマスは、家族が食卓をかこみ、贈り物と愛情を交換する日でした。キリスト教徒ではない日本人も、クリスマスにごちそうを食べますが、これも宗教行事というより、家族行事、年中行事としておこなう人が多いと思います。

✿アン・シリーズのクリスマスと長老派の教義

クリスマスを禁止した長老派教会の教義をモンゴメリは意識して、アン・シリーズに注意深く描いています。

牧師と婚約中に書いた第一巻『アン』では、マシューがアンに袖がふくらんだドレスをプレゼントするだけです。第二巻『青春』ではクリスマスという単語すらでてきません。

牧師と結婚したあとの作品も、学校や職場のクリスマス休暇と、クリスマスの食事会と贈り物を描くのみです。

たとえば第三巻『愛情』では、アンが大学のクリスマス休暇（冬休みのこと）にグリーン・ゲイブルズに帰省して、マリラとリンド夫人の心づくしのごちそうを食べます。またギルバートはアンに、小さなピンクのエナメルのハートがついたペンダントに「幸福を祈って、古き友、ギルバート」というカードを添えて送ります（第37章）。

第五巻『夢の家』では、アンの新婚家庭に、マリラとリンド夫人が泊まりがけで来て、クリスマス・ディナーを楽しみます。

しかし第七巻『虹の谷』は長老派の牧師一家が主人公のため、聖職者の家庭ではクリスマスの食事会すらありません。

第八巻『リラ』では、クリスマスに家族が集まり正餐《ディナー》をしますが、息子たちが戦場にいるため食卓の席が空いている情景が描かれます。

ところが一九三五年に、夫ユーアンが牧師を引退した後に発表された『風柳荘《ウインディ・ウイローズ》』と『炉辺荘』はクリスマスの風習が盛んに出てきます。

第四巻『風柳荘《ウインディ・ウイローズ》』では、家政婦レベッカがクリスマス・キャロルをうたい（一年目第8章）、アンは、家族がなく独りでクリスマスをすごす副校長キャサリン・ブルックを誘ってサマーサイド駅からグリーン・ゲイブルズへ喜びに満ちて帰ります。

「アンは、すでにクリスマスの幸せを味わっていた。汽車が駅を出るとき、アンの顔はまさに輝いていた。汚れた町の往来が、アンの後ろへすべるように去っていく。私は家へ帰っていく──グリーン・ゲイブルズへ帰っていくのだ。広々とした田舎へ出ると、世界はどこもかしこも、金色に光る雪の白と淡いすみれ色におおわれ、そこかしこに黒々として魔法のようなえぞ松と葉の落ちた繊細な白樺が立っていた。午後の太陽は、葉の落ちた森のむこうに低くかかり、汽車が速度をあげるにつれ、木立の合間から、壮麗な神のごとく、まばゆく射してきた。」二年目第5章

グリーン・ゲイブルズに帰ると、クリスマスのプディング作りや飾りつけのしたくを楽しみます。

「グリーン・ゲイブルズは愉しい行事に満ちていた。プラム・プディングをこしらえ、クリスマス・ツリーを家に運んだ。キャサリンとアン、デイヴィとドーラは、ツリーにする木を

探しに森へ出かけた。（略）
四人はのんびり散策しながら、輪飾《リース》りにする這《は》いえぞ松と這い松を集めた。森の深い窪地《くぼち》には、冬の間も青々とした羊歯《しだ》があった。」二年目第6章

グリーン・ゲイブルズに滞在するキャサリンは、思いがけないプレゼントをもらいます。

「リンド夫人から、かぎ針編みの華やかなショール、ドーラから、匂い菖蒲《あやめ》の根をつめた香袋《サシエ》、デイヴィから、ペイパー・ナイフ、マリラから、ジャムとゼリーの小瓶をつめた籠《かご》、ギルバートからは小さな青銅製のチェシャ猫の文鎮《ぶんちん》が贈られた。さらにクリスマス・ツリーの下につながれて、温かな羊毛《ウール》の毛布に丸くなっていたのは、茶色い目をした可愛い子犬だった。絹のように柔らかな耳をぴくぴく動かし、愛想よく尻尾をふっていた。首にはカードが結ばれ、メッセージが書かれていた。「やっぱり思い切って、あなたに楽《メリー》しいクリスマスをお祈りします、アンより」」二年目第6章

第六巻『炉辺荘』でも、アンは、幼いわが子のためにクリスマス・ツリーを飾り、ギルバ

ートにいたっては、赤い服のサンタクロースに扮してプレゼントを配るのです。

「今、クリスマスの前日となり、万事が整った。ウォルターとジェムが「窪地」から運んできたもみの木が、居間の隅《すみ》に立っていた。色々な扉と窓には、赤いリボンの大きな蝶結《ちょうむす》びをつけた大きな緑色のリースをかけた。階段の手すりには、這《は》いえぞ松をからませ、スーザンの食料庫はあふれんばかりだった。その日の午後も遅くなり、みんなが「雪のない」くすんだクリスマスになるだろうとあきらめかけたころ、誰かが窓の外に目をやると、羽根のように大きな雪ひらが後から後から舞い降りてくるのが見えた。

「雪だ！　雪だ!!　雪だよ!!!」ジェムが叫んだ。「やっぱり、ホワイト・クリスマスになるんだね、母さん！」

炉辺荘の子どもたちは、幸せいっぱいでベッドに入った。外は雪がふりしきる灰色の夜、ベッドに暖かく気持ちよく横になって、雪嵐のうなりを聞くのはすてきだった。アンとスーザンはクリスマス・ツリーの飾りつけにかかった――」第13章

そして雪の一夜が明け、クリスマスの朝……。

「みんながツリーに夢中だった――目にも鮮やかなツリーだった。まだ暗い部屋に、ツリー一面にさがる金と銀の飾りや、火の灯ったろうそくが輝いていた。こよなく美しいリボンを結んだ色とりどりの包みが、ツリーのまわりに積みあげられていた。そこへサンタが現れた。華やかなサンタだった。白い毛皮のついた真紅《しんく》の服、長くて白い髭《ひげ》、なんとも愉快な太鼓腹――(略)サンタは一人一人に、ちょっとした愉快な言葉をかけながら、贈り物をくばった。」第13章

この愉快で華やかなクリスマスの場面は、モンゴメリが牧師夫人だったときには書けなかったものです。サンタクロースは、カトリックの聖ニコラスですから長老派教会は認めません。

しかし一九三〇年代には、歌謡曲「サンタが町にやって来る」がレコードやラジオでヒットし、クリスマスの飾りつけやサンタクロースの人形が一般化します。聖職者の妻でなくなったモンゴメリは、『風柳荘《ウインデイ・ウイローズ》』(一九三六)と『炉辺荘』(一九三九)には、クリスマスのお祝いを存分に描くことができたのです。

✿長老派教会の村のクリスマス、カトリックの村のクリスマス

私は、アンが島にきた林檎の花盛りの六月にカナダ『赤毛のアン』ツアーの企画と同行解説をしていますが、一度、十二月の島をご案内したことがあります。

アヴォンリーのモデルとなったスコットランド系と北アイルランド系の長老派教会の信徒の村キャベンディッシュでは、クリスマスの飾りはありませんでした。ツリーはもとより、玄関扉のクリスマス・リースも見当たりません。長老派の教義を考えると、当然です。

その旅行では、『アン』で「ザ・クリーク」と書かれるフランス系カトリック教徒の村ノース・ラスティコもご案内しました。

カトリックではクリスマスを盛大に祝いますので、民家の庭先や母屋が電飾で飾られ、まるでディズニーランドのエレクトリカルパレードのように華々しく輝いていました。聖母マリアと幼な子イエス、サンタクロース、トナカイの人形を庭に置いて、明るく照らす家庭もあります。大勢の人が町から見物におとずれ、真冬の観光名所となっていました。

✿神に愛されるマシューの幸い『赤毛のアン』

アン・シリーズを通じて感銘をうける場面の一つは、『アン』のマシューが、神に愛されているわが身の幸いを悟る場面です。

十五歳のアンがクィーン学院に進むためにグリーン・ゲイブルズを巣立つ前、アンは、マリラが用意してくれたフリルたっぷりの豪華な夜会服を着て、マリラとマシューの前で、詩「乙女の誓い」を暗誦します。

［晴れ晴れとして生気に輝いているアンの顔や、優雅な身ぶりを見ているうちに、マリラの想いは、アンがグリーン・ゲイブルズへ初めてやってきたあの晩へ立ちかえっていた。黄ばんだ茶色の交織地《まぜおりじ》の途方もないような服を着た変ちくりんな子どもが、おびえた様子で、眼に涙をいっぱいためて、胸がはり裂《さ》けんばかりにして立っていた――その姿が、鮮やかによみがえったのだ。そんな追憶にひたっているうちに、マリラの眼に涙が浮かんできた。」第34章

その後、マシューも目を潤ませながら、夏の青い宵《よい》の外へ出て、ひとりごとをつぶやきま

す。

「あの子は賢くて、きれいだ。それに、愛情深い子だ。これが何よりもいいことだ。あの子がいてくれたおかげで、わしらはずっと幸せだった。スペンサー夫人も、まったく運のいい手違いをしてくれたものだ。もっとも、これがただの運の話ならば、だがな。しかし、これは運の善し悪しなんてものじゃない、神様の思召しだ。思うに、全能の神様は、わしらにはあの子が必要だとご覧になったんだな」第34章

マシューは、アンがグリーン・ゲイブルズにきたのは手違いではない、神様が自分たちにはアンが必要だとご覧になり、アンを授けてくださったと、神の恵みをうけて生きているわが身の幸いに気づきます。マシューは、「人と人に通う愛情を仲立ちとしてあらわれる神の愛を」（『アン』第7章）実感して、彼の晩年は平安に包まれるのです。

『赤毛のアン』を書いたマクニール家の郵便局小屋、キャベンディッシュ

モンゴメリ生家、ニュー・ロンドン、PEI

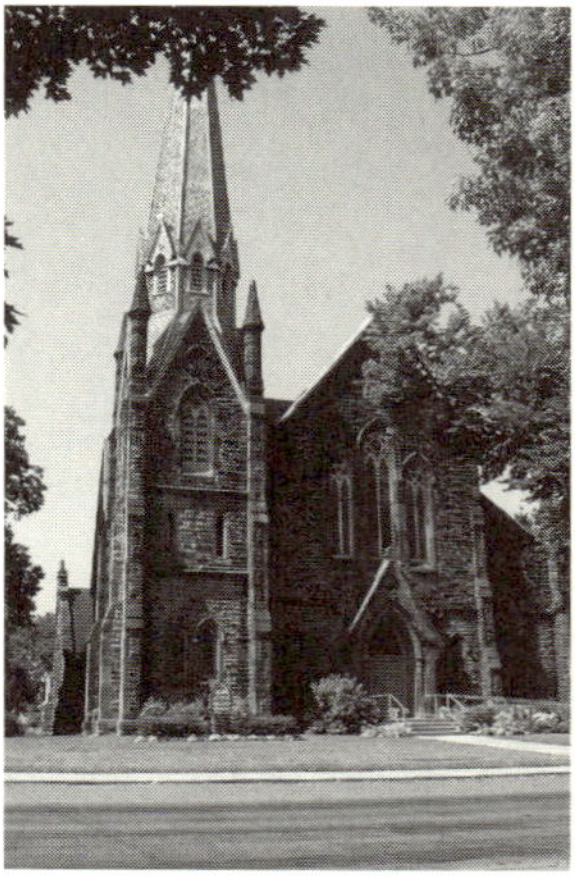

モンゴメリが通った聖ヤコブ教会、シャーロットタウン、PEI

キャベンディッシュ合同教会、左端にモンゴメリが賛美歌を弾いたオルガン、PEI

モンゴメリが通ったフォート・マシー教会、ハリファクス、ノヴァ・スコシア州

モンゴメリが牧師夫人を務めた旧聖パウロ教会、リースクデイル、オンタリオ州

長老派教会の聖ジャイルズ大聖堂、エジンバラ

モンゴメリが牧師夫人を務めた旧聖パウロ教会、ノーヴァル、オンタリオ州

フランス系カトリック教徒の村ノース・ラスティコのクリスマス。民家の電飾、PEI

六の扉

プリンス・エドワード島の歴史

「今日は、読本《リーディング》、地理、カナダの歴史、それから書き取り《ディクテーション》を習ったの。」

『赤毛のアン』第15章

アン・シリーズには、プリンス・エドワード島とカナダの歴史も描かれています。カナダの歴史は、日本ではあまり知られていないかもしれません。この章では、モンゴメリによる小説の描写をまじえながら解説します。

✿カナダの先住民　太古〜十六世紀、第五巻『アンの夢の家』

カナダの土地は、太古より先住民族が住んでいました。言語が異なるさまざまな部族があり、東海岸に暮らしたのはミクマク族です。

島にいたミクマク族は、ふだんは今のノヴァ・スコシア州やニュー・ブランズウィック州で生活し、夏は、カヌーで海峡をわたり涼しい島に移ったようです。島で魚や海老などの甲殻類をとり、水鳥を狩り、ラズベリーや野いちごなどの実を採集しました。

ミクマク族は、島を「アベグウェイト」と呼んでいました。「波間にうかぶゆりかご」という意味です。ミクマク族は文字をもたないため、あえてアルファベットの英語の綴りにするとAbegweitです。モンゴメリは第五巻『夢の家』に好ましく書いています。

［窓からは、白浪《しらなみ》たつ青い海が遠くにちらりと見えている——美しいセント・ローレンス湾である。この湾に宝石のように浮かんでいるのがアベグウェイトだった。先住民がつけた柔らかく愛らしい響きのこの名前が、プリンス・エドワード島という散文的な名称に代わってすでに久しかった。］第1章

私が初めて島を訪れた一九九一年に、現地で先住民の文化を見る機会はありませんでしたが、二十一世紀のカナダでは、先住民族の復権が社会に広く共有されています。

グリーン・ゲイブルズでは、最新のモンゴメリ研究にもとづいて展示が刷新されたとき、アンの時代に島に暮らしたミクマク族の写真が追加されました。ミクマク族による島の名前「アベグウェイトAbegweit」という言葉があるモンゴメリ日記の写真も展示されています。

プリンス・エドワード島大学でも、ミクマク族が住居としたようなテントがキャンパスの中央に設置されています。高さはおよそ四メートル、広さは八畳くらいあり、テントの上部に煮炊きや焚き火の煙を出す穴があいています。二〇二四年に同大学でひらかれた第十六回

モンゴメリ学会では、先住民の女性がミクマク族の歴史、文化、伝統について講演し、私も含めた世界各国の参加者が耳を傾けました。

✿大航海時代、島はフランス領へ　十六世紀〜十八世紀半ば

十五世紀になると、西ヨーロッパ人が帆船《はんせん》で大西洋をわたり、新大陸に到達します。

それより前の十世紀ごろに、北極海で活動していた北欧のヴァイキングが、カナダ東海岸のニューファンドランド島にきて滞在した遺跡が発掘されていますが、文字の記録としては残っていません。

プリンス・エドワード島は、一五四三年に、フランス、ブルターニュ出身のジャック・カルティエが探検します。

以後、フランス人は、カナダの先住民と、ビーバーの毛皮を、鉄製品や鍋、衣服などと交換する交易をします。ビーバーの毛皮は、フェルト状の生地に加工して、紳士の礼装用の帽子トップハットが作られました。のちにビーバーの乱獲により、絹製のシルクハットと呼ばれる帽子に取って代わられます。第八巻『リラ』でも、リラが緑色のビーバー帽をかぶっています。これも毛皮ではなくフェルト状の帽子と思われます（第10章）。

しです。

✿漁師たちの鱈漁《たらりょう》、第七巻『虹の谷のアン』

　カナダ東海岸は豊かな漁場でもあり、フランス人やイギリス人の漁師がきて鱈漁《たらりょう》をおこない、ヨーロッパに輸出しました。保存方法は、当時のカナダは塩が貴重だったため、天日干《てんぴぼ》しです。

　天日干しの鱈《たら》は、第七巻『虹の谷』第7章「お魚事件」に出てきます。親なき子メアリ・ヴァンスは、料理裁縫が得意な頭のいい女の子で、漁師から贈られた鱈が腐らないように、さばいて、干し棚にのせて天日で干します。するとブライス家の末娘リラが、刺繡《ししゅう》をした白いドレスに青い帯《サシュ》を結び、ビーズ飾りの靴というおしゃれな装いでしゃなりしゃなりと歩いてきたので、メアリはむっとして、巨大な干し鱈をふりまわしながら、リラを、村中、追いかけまわす滑稽なエピソードがあります。

　近ごろの日本では、干し鱈はあまり見かけませんが、私が小学生だったころは、乾物屋に昆布や干し椎茸とならんで干し鱈も売られていたように記憶しています。また以前、スペイン東部バレンシアの料理学校で地中海の伝統料理を習ったとき、干し鱈を使った昔ながらの一品も作りました。干し鱈を水でもどして柔らかくしてから身をほぐし、マッシュ・ポテトと合わせて、オリーブオイルであげるコロッケです。

第七巻『虹の谷』では、メアリとちがって料理下手なメレディス牧師の娘フェイスとウーナが、干し鱈を水でもどさずにゆでて、塩辛くて食べられない描写もあります（第10章）。

冷蔵庫のない時代、牛肉や豚肉は保存できないため、干し鱈は貴重な蛋白質源《たんぱくしつげん》だったのです。

フランス人に話を戻すと、一六〇三年、フランス人は、島の名前をフランス語で「イル・サン・ジャン」と命名します。意味は「聖ヨハネ島」、イエスの十二人の弟子の一人ヨハネにちなみます。

こうして十七世紀、フランスから農民が島にきて、開拓をはじめます。イギリス人も移住しますが、島はフランス人が暮らすフランスの植民地となります。アン・シリーズにはフランス系の人々も登場しています。

✿七年戦争（一七五六〜六三年）、島は英領へ

十八世紀の一七五六年、ヨーロッパで「七年戦争」が起きます。各国が参戦しますが、主にフランスとイギリスの戦争です。北アメリカ大陸でも戦闘がおこなわれ、イギリス軍が、カナダにあるフランスの要塞を攻撃します。

カナダ東部の土地をめぐって、フランスとイギリスが戦い、奪いあってきた歴史が、第三巻『愛情』に書かれています。小説の舞台キングスポートは架空の地名で、ノヴァ・スコシア州の州都ハリファクスをさします。

［キングスポートは、風雅《ふうが》な趣《おもむ》きをたたえた古い町だった。その歴史は植民地時代の初期にさかのぼり、昔ながらの気配に包まれている。（略）ところどころは近代的な変化をとげているが、その真髄《しんずい》はそこなわれず、興味深い史跡に富み、過去のいくたの伝説が、ロマンの輝きを後光のようにはなっていた。もっとも、かつては開拓前線《フロンテイア》のささやかな町にすぎず、その先は原生林が広がっていた。当時は先住民が暮らし、移住者たちの生活は、波乱に富んでいた。やがて町は、イギリスとフランスの植民地争いの争点となり、ときにはイギリスに、またときにはフランスに占領され、両国の戦いの傷あとを新たにきざみながらも、それぞれの占領下をくぐり抜けて立ちあがってきたのだった。］第4章

七年戦争は一七六三年に終結。イギリスが勝ち、カナダ東部のフランス領（アカディアと呼ぶ）は、イギリス領となります。

島も、フランス領から英国領となり、島名は、フランス語の「イル・サン・ジャン」から英語の「セント・ジョン・アイランド」に変わりました。意味は同じ「聖ヨハネ島」です。

島がイギリス領になったため、当時の英国王ジョージ三世のお妃《きさき》シャーロットにちなんで、島でもっとも大きな町は、フランス語の「ポール・ラジョワ」から、現在と同じ「シャーロットタウン」と改名されます。イギリスは一七七〇年に、島の政府もこの町に設置します。

✿フランス系の人々がアメリカへ移住、第三巻『アンの愛情』

十八世紀にカナダ東部がイギリス領となると、フランス系農民（アカディアン）が、イギリス領の島を去っていき、またノヴァ・スコシアからはアメリカ南部のルイジアナなどへ強制的に帆船で運ばれました。

男女は別々の船に乗せられ、夫婦や親子が離散した悲劇を、のちにアメリカの詩人ロングフェローが、物語詩『エヴァンジェリン　アカディアの物語』（一八四七）として書き、この悲恋物語がアメリカで大ヒットします。

その詩が、第三巻『愛情』に登場します。アンの同級生フィリッパが、牧師のジョウナスと結婚し、新婚旅行は「エヴァンジェリンの土地をめぐって、恋人たちの旅をする」とアンに語ります（第39章）。

エヴァンジェリンの土地とは、ノヴァ・スコシア州グラン・プレの一帯です。フランス領だったころは、フランス語を話す農民が暮らしていました。ロングフェローの物語詩『エヴァンジェリン』では、フランス人の平和な農村に、英国兵が攻めてきて、民家に火をつけて焼きはらい、村人を追放します。そのなかには幸せな恋人たち、エヴァンジェリンとガブリエルもいました。

二人は結婚式を迎えるところでしたが、別々の船で米国に送られて生き別れます。若い娘エヴァンジェリンは、愛する人を探したずねてアメリカ各地をさすらい、ようやく見つけたとき、彼は死の床についていました……。

この悲恋物語の大人気からノヴァ・スコシアのグラン・プレは有名になり、アメリカ人やカナダ人が訪れるブームをまきおこしたのです。私は二〇〇〇年九月にニュー・ブランズウィック州からフェリーとレンタカーで取材に行きました。

現在のグラン・プレにはフランス系カナダ人の歴史を伝える『エヴァンジェリン』の記念施設があります。敷地の入口には、詩を書いたロングフェローの胸像、美しい庭園には愛する人と引き裂かれて物思わしげなエヴァンジェリンの銅像があり、奥の記念館には『エヴァンジェリン』の物語詩と歴史的な背景が、絵画をそえて解説されています。

その絵には、赤い軍服のイギリス兵が、フランス系農民の家々に火を放《はな》つ姿、エヴァンジェリンと夫になるガブリエルが別々の船に乗る前、浜辺で抱きあって涙ながらに別れを惜しむ姿もあります。

二人が離散した歴史を思えば、フィリッパの新婚旅行先としてはどうかと思いますが、アンの時代はそれだけ人気の旅行先だったのでしょう。そこはたしかにファンディ湾に面した風光明媚《めいび》な土地で、家々の入口には、赤白青のフランス国旗に黄色い星をつけた旗、つまりフランス系カナダ人「アカディアン」の旗が翻《ひるがえ》っていました。

✿島を「プリンス・エドワード島」と改名

こうして十八世紀半ばの「七年戦争」で、イギリスが勝ち、カナダ東部は英国領となります。そこで英国王ジョージ三世の息子エドワード王子（のちのケント公、ヴィクトリア女王の父）が、国王の代理「総督《そうとく》」としてカナダに赴任します。現在も、英国王の代理をつとめる総督制度はあり、カナダ人から選ばれます。カナダの前元首の英国女王エリザベス二世に承認された元総督の女性エイドリアン・クラークソンさんのご自宅に、二〇一五年、ペン・カナダと日本ペンクラブの食事会でうかがい、夕食をご一緒しました。彼女は戦時中に香港から移民した中国系カナダ人で、『アン』を読んでカナダ人の生活習慣と考え方を学んだそうです。

ハリファクスには、今も総督のエドワード王子がたてた時計台があります。当時、腕時計をもつ人は少なく、兵士の時間厳守と軍隊の規律を保つため、要塞の丘に時計台をつくったのです。

総督としてカナダに来たエドワード王子にちなみ、一七九九年、島は「聖ヨハネ島」から「プリンス・エドワード島（エドワード王子島）」と改名されます。島がイギリス領であることを、英国王子の名をつけて全世界に示したのです。

✿アン・シリーズのフランス系住民

イギリス領になった島で、フランス系住民は土地を所有できなくなり、英国系島民の農場の雇い人や家庭のメイド、漁師として働きました。それがアン・シリーズに書かれています。

第一巻『アン』では、グリーン・ゲイブルズの雇い人ジェリー・ブート、マーティン、ダイアナの家では臨時雇いのメイドのメアリ・ジョーが、フランス系です。

ちなみにメアリという名前は、フランス人女性に多い名前マリー（意味は聖母マリア）の英語名、ジョーはフランス系カナダ人という意味です。

そこでメアリ・ジョーは人の名前ではなく「フランス人女性」という意味ではないかと思われます。『アン』では、年寄りのメアリ・ジョーと若いメアリ・ジョーが登場します。第二巻『青春』では、アンの教え子ポールの家のメイドが、若いメアリ・ジョーです。この三人は本当は名前の異なるフランス系の女性たちだと考えています。

第三巻『愛情』では、勉強と学費稼ぎの仕事で体を壊したギルバート・ブライスが病気で危篤《きとく》となります。ギルバートが峠をこしたと、アンに教えてくれる男性は、ブライス家のとなりの農場に雇われているフランス系、パシフィーク・ブートです（第40章）。

彼らは、フランス系が暮らす村「ザ・クリーク」（意味は入江、小さな港）からアヴォンリーに働きに来ていると『アン』に書かれています（第4章、第18章）。「ザ・クリーク」は地元の呼び方で、フランス系カトリック教徒の漁村ノース・ラスティコです。現在のフランス系住民は英語を話しますが、アンの時代はフランス語で生活をしていました。

そのためアン・シリーズでは、フランス語にはない英語の th の発音ができない人々として台詞が書かれています。たとえば「これ this」を「dis」、「あれ that」を「dat」などです。またフランス系はカトリック教徒のせいか、プロテスタントの長老派教会信徒のモンゴメリは、どことなく異端めいた人々として描写しています。『アン』に出てくる、月のおまじないでイボを直すフランス系の女性などは、プロテスタントにとっては魔女めいた気配があります。

このように島がイギリス領となり、フランス系住民が追放されたり、残った人々が差別された歴史が、アン・シリーズには描かれています。

ところが、『アン』の執筆から四半世紀すぎたモンゴメリ最晩年の一九三〇年代に書かれた第四巻『風柳荘《ウインデイ・ウイローズ》』と第六巻『炉辺荘』には、フランス系の人々の変な英語も、差別的な描写もありません。逆に『炉辺荘』では、アンの娘ナンが、友だちと間違ったフランス語を話しています（第30章）。

一九三〇年代のカナダにおいて、フランス系の人々への差別をよくないとする意識が共有されたのかどうか、いつかカナダの大学図書館で調べてみたいと思っています。

現在では、もちろん島のフランス系住民は土地を所有しています。フランス系の漁師は高級食材の天然ロブスターをとり、島の入江で牡蠣《かき》とムール貝を養殖し、天然マグロをアメリカや日本などへ輸出して高収入を得ているそうです。

✿アメリカ独立戦争（一七七五～八三年）、王党派が英領の島へ

独立戦争は、アメリカ東部の十三州が、イギリスの植民地から独立することをめざした戦争です。しかしアメリカ人のなかには、イギリスと戦争をしたくない、祖国の英国王と敵対したくない、自分は英国王の臣民のままでいたいと考えるイギリス系の人々もいました。

そうした人々は、ロイヤリスト Loyalist（王に忠実な人々、忠誠派）、またはトーリー Tory（王党派、国王派）と呼ばれ、約五万人がカナダへ移住してきました。カナダはイギリス領だったからです。

プリンス・エドワード島（エドワード王子島）にも、アメリカから王党派が来ました。

モンゴメリが教鞭をとった島南部ロウアー・ベデックの学校は、近くのベーデック村に移築され、その校舎の前に王党派の記念碑があります。

それを読むと、独立戦争終結の翌年、一七八四年に、アメリカのロイヤリストが、この村に移り住んだこと、人々の職業は、農民、漁師、鍛冶屋《かじや》、船大工、石炭業者、商店主などだったことが記《しる》されています。

英国王室に忠誠を誓う王党派の人々の考えは、カナダ建国後の二大政党の一つ、保守党の政策にもつながります。

『アン』の英語の原文では、マリラの親友のリンド夫人は、保守党を「王党派《トーリー》」と呼んでいます（第21章、第32章）。なぜなら保守党は、英国寄りの政策をとり、大英帝国の傘下にあるカナダという国家観をかかげていたからです（七の扉）。

✿英米戦争（一八一二〜一四年）、第四巻『風柳荘《ウインディ・ウイローズ》のアン』

この戦争は、第四巻『風柳荘《ウインディ・ウイローズ》』に出てきます。学校長アンから婚約者ギルバートへの手紙です。

［今年の授業は、去年より面白くなりそうです。カナダ史がカリキュラムに加わったのです。明日は、一八一二年の戦争について、ちょっとした「講義」をしなければなりません。］二年目第1章

アンが教える戦争は、一八一二年に始まる英米戦争です。この戦争には色々な局面があり

ますが、一八一二年に、アメリカがイギリスに宣戦布告をして、カナダとの国境をこえて軍事侵攻し、カナダをイギリスから奪おうとしたものです。当時のカナダはイギリス領だったため、英米戦争と呼ばれます。

しかしカナダの英国軍に撃退され、アメリカ軍は、トロント、オタワ、ケベックに通じるセント・ローレンス川の水系を押さえることができず、撤退します。現在もトロント市内やナイアガラの滝近くに、アメリカ軍の攻撃に対して作られた砦《とりで》が残っています。

一八一四年には、イギリス軍がノヴァ・スコシアからアメリカ北部に侵入して、メイン州を占拠します。しかし同年、アメリカとカナダの国境を、戦争前にもどすことで両国は合意して、戦争は終わります。

✿アンが夢想する英米戦争の海戦（一八一三年）、第三巻『アンの愛情』

英米戦争には海戦もあり、第三巻『愛情』に印象的な場面として出てきます。

この海戦は、一八一三年に、アメリカのボストン湾に、英国海軍のシャノン号が入り、米国海軍のチェサピーク号と戦った結果、英国艦が勝ち、米国艦を拿捕《だほ》して、イギリス領ノヴァ・スコシアのハリファクス港へ凱旋《がいせん》します。

『愛情』のアンは、キングスポート（ハリファクス）の大学に入学した日、下宿前の墓地公園へいき、同じ新入生のフィリッパ・ゴードンと親しくなります。二人は、一八一三年の英米の海戦で戦没した兵士の墓を見つけます。フィリッパの台詞です。

「ほら、見て、墓石に書いてある、シャノン号とチェサピーク号の戦闘で亡くなった海軍将校候補生の墓ですって、まあ！」

アンは手すりの前に立ち止まり、すりへった墓石を見つめた。すると、ふいに胸が高鳴り、古い墓地に枝をさしかわす並木も、木陰《こかげ》をおとした長い小道も、アンの視界から消えうせ、かわりに、一世紀近く昔のキングスポートの港が浮かびあがった。やがて霧のなかから、フリゲート艦（引用者註・英国艦）が、「流星さながら光彩《こうさい》はなつイングランド国旗」を鮮やかにはためかせ、巨大な姿をゆっくりとあらわした。背後から、もう一隻《いっせき》の軍艦（同・負けた米国艦）もあらわれた。その後甲板《こうかんぱん》には、物言わぬ英雄の姿が、祖国の星条旗に包まれて横たわっていた——その人は、勇士ローレンス海軍将校（同・米国艦の将校、海戦で戦死）だった。ときの指が、過去へページをめくり、勝者シャノン号が、チェサピーク号を拿捕《だほ》して、意気揚々と港（同・ハリファクス港）に凱旋《がいせん》した情景を見せたのだった。

「アン・シャーリー、現実にもどりなさい……目をさまして」フィリッパが笑い、アンの腕をひいた。「百年前に後もどりしてるのね、もどってらっしゃい」」第4章

墓地公園は、モンゴメリが『愛情』に書いた町ハリファクスの中心部に実在しています。『愛情』にある通り、墓地には海戦戦没兵の墓所があり、アンが思いうかべた英米海戦を説明するパネルも設置されています。

パネル画には、白帆の英国艦が、米国艦をともなってハリファクス港に威風堂々と帰ってきた姿が大きく、遠景には、ハリファクスの丘の上から港を一望する要塞も描かれています。この要塞は、『愛情』でギルバートがアンに語る古い軍事要塞シタデルです（第1章）。函館の五稜郭《ごりょうかく》のような星形の要塞で、観光地としても有名です。

パネル画には、海戦で命を落としたアメリカ軍将校ジェイムズ・ローレンス（一七八一～一八一三）の薔薇色の頬をした若々しい肖像画も描かれています。

英軍の砲撃をうけて倒れたローレンスの最期の言葉は「船をあきらめるな。沈没するまで戦え」でした。この勇壮な言葉と若い戦死から、米国はもとより、カナダでも「敵ながらあっぱれ」と称賛されたのです。『愛情』のアンは、一八一三年の英米戦争で戦死した米国の

ローレンス将校の遺体に、アメリカの星条旗がかけられているさまを思い浮かべたのです。

✿カナダへ渡ったスコットランドの兵士たち、第三巻『アンの愛情』

スコットランド高地連隊《ハイランダー》の兵士がカナダに来たことも、第三巻『愛情』に書かれています。

アンがギルバートと好んでそぞろ歩く松林の海岸公園に生えているヒースについて、女子学生たちが語ります。ヒースは、北イングランドやスコットランドの荒れ地に自生する低木です。

「プリシラが言った。「私たち、ヒースの花を探したの……でも、見つからなかったわ。季節が遅いのね」

「ヒースですって！」アンが叫んだ。「アメリカ大陸にはないでしょう？」

「二か所だけあるの」フィリッパが答えた。「一つは、まさにこの公園。もう一か所も、ノヴァ・スコシアで、場所は忘れたわ。あの有名なスコットランド高地連隊ブラック・ウォッチが、ある年、ここに野営して、春、兵士たちが、寝床の麦わらをふるって広げたとき、ヒースのたねがこぼれて根づいたのよ」

「まあ、なんてすてき！」アンはうっとりした。」第6章

スコットランド高地連隊《ハイランダー》は、『アン』でアンもかぶるスコットランド人の帽子タモシャンターを頭にのせ、タータンのキルト（スカート）をはき、スコットランドの民族楽器バッグパイプをかなでる楽隊を率《ひき》いる歩兵連隊です。

彼らは、十八世紀半ばの七年戦争のとき、英国兵としてカナダにきて、フランス軍と戦い、イギリスが勝利して、一七六三年に島などのカナダ東部は英国領になります。

さらに一八一二年の英米戦争でも、スコットランド高地連隊《ハイランダー》は英国兵としてカナダにわたり、米軍と戦闘をおこないました。英国軍が勝ったあと、スコットランドの高地人は、ノヴァ・スコシアに多く住み着いていきます。このような経緯からスコットランドのヒースの種が落ちて、芽がでたのです。ご存じのようにアンはノヴァ・スコシア生まれのスコットランド系です。

✿ヴィクトリア女王、大英帝国の君主に即位（一八三七年）、第一巻『赤毛のアン』

カナダの宗主国イギリスでは、島の名前の元になったエドワード王子（のちのケント公）

の娘ヴィクトリアが女王に即位します。女王のもとでイギリスは全世界に植民地を広げ、「日の沈まない国」として大英帝国の黄金期を築きます。

　カナダでは、イギリス領時代はもちろん、一八六七年にカナダ連邦が成立したときも現在も、元首はイギリスの国王または女王です。

　アン・シリーズには、カナダの国家元首ヴィクトリア女王が描かれます。

『アン』では、女王の誕生日に、アンとダイアナが小川へ遊びにいき、すてきな小島を見つけて「ヴィクトリア島」と命名します。女王の誕生日五月二十四日はその当時、祝日でしたから、二人は学校が休みで遊びに出かけたのでしょう。現在もカナダでは、五月二十五日より前のいちばん近い月曜日が、ヴィクトリア・デーという祝日です。

　第六巻『炉辺荘』では、アンの娘が、トマシーン・フェアという女性の家を訪れると、部屋にヴィクトリア女王の肖像画がかかっています。

　モンゴメリが一八九七年から教鞭をとった島南部ロウアー・ベデックの学校の教室でも、黒板の上にヴィクトリア女王の肖像画が、壁には大英帝国の植民地を示した巨大な世界地図がかかっていました。

　女王の在位は一八三七年から一九〇一年一月の逝去まで、六十四年近くにわたります。女王エリザベス二世の七十年についで長い在位期間です。

✿プリンス・エドワード島銀行創業（一八五六年）、第一巻『赤毛のアン』

一八三〇年代から八〇年代にかけて、島は、豊かな森林資源をもとに、木造の帆船《はんせん》をつくる造船業の黄金期に入り、島内に、百の造船所がもうけられます。

産業の発展により島に銀行がつくられ、商工業、農業、水産業がさらに発展します。

缶詰で食品を保存する技術が広まったことにより、島には、水産品の缶詰工場もできます。たとえばロブスターは天日干しにできないため、かつてはフランス系住民が食べるほかは畑の肥料でしたが、ゆでた身を缶詰にする工場が、一八八三年には多数できます。『アン』第1章でも、フランス系がロブスターの缶詰工場で働くとマリラが語ります。

ただし島の経済をささえた造船業は、一八七五年ごろから衰退します。風で進む木造の帆《はん》船《せん》から、鉄製の蒸気船へ変わり、島は、その技術革新に遅れたのです。主要産業の衰退は、金融業にも打撃をあたえます。

『アン』では、マシューが全財産を預けるアビー銀行が倒産します（第37章）。実際に島では、一八八二年に、プリンス・エドワード島銀行が不適切な融資による経営悪化で破綻《はたん》します。

ただしこの銀行は、小説『アン』のように、いきなり倒産して預金が引き出せなくなったわけではなく、一八八二年から五年がかりで負債の清算事業をしたことが、当時の新聞記事にあります。

✿カナダ連邦結成会議がシャーロットタウンで開催（一八六四年）

一八六四年、カナダ東部のイギリス植民地を統合してカナダ連邦を作るための会議が、シャーロットタウンで開催されます。場所は、現在のプリンス・エドワード島の州議事堂です。二階に、建国会議の広間（国定史跡）があり、のちにカナダ首相となり、『アン』に登場するジョン・A・マクドナルドなど、会議に参加した建国の父祖たちの写真が飾られています。

そのあとも建国会議はケベックとロンドンでひらかれ、一八六七年、自治領としてのカナダ連邦が誕生します。

現在のカナダ連邦は、十の州と三つの準州からなりますが、当時、自治領カナダに加わった州は、オンタリオ、ケベック、ニュー・ブランズウィック、ノヴァ・スコシアの四つでした。

つまり島は、連邦に入らなかったのです。

理由はいくつかあります。まず、一八六〇年代の島は造船業と林業が発展して、財政が豊かだったこと。さらに島民の気質として、イギリス王室寄りの王党派が多く、カナダ連邦に加盟するより、島がイギリス領のままでいることを望んだのです。

✿プリンス・エドワード島銀行が独自の通貨を発行（一八七一年）、第五巻『アンの夢の家』

カナダの通貨は、イギリス植民地時代は、イギリス・ポンドです。カナダ連邦ができる前の一八五七年にドルを採用し、連邦成立後もカナダ・ドルが流通します。

しかし島は連邦に入らなかったため、プリンス・エドワード島銀行は、独自のドル紙幣を発行します。これがプリンス・エドワード島ドル札です。

ネットで島の十ドル紙幣を画像検索すると、プリンス・エドワード島銀行と印字され、帆船と水兵のイラストが描かれています。セント・ローレンス湾に浮かぶ島が、ヨーロッパとカナダを結ぶ交通の要衝《ようしょう》にあり、海運業が栄えたことが伝わります。

ただし、一八七三年に島が、カナダ連邦に加盟すると、通貨はカナダ・ドルとなり、島独自のドル紙幣は使えなくなりました。これが第五巻『夢の家』に書かれています。

ジム船長は、プリンス・エドワード島銀行発行の十ドル紙幣を二十枚、ガラスつきの額にいれて壁にかけています。ジム船長が、アンたちに語ります。

「十ドル札が二十枚。今となっちゃ、このお札を覆《おお》ってるガラスよりも価値はありませんわい。これは昔のプリンス・エドワード島銀行が発行した紙幣でしてな、銀行がつぶれたときに、わしが持ってたもんです。額にいれてかけたのは、一つには、銀行を信用しちゃならんという戒めに、もう一つには、百万長者の豪勢な気分を味わうためですわい」第16章

第一巻『アン』に、アヴォンリー村の牧師の年俸は七百五十ドルとあります（第21章）。十ドル札二十枚は、たしかに大金です。

✿プリンス・エドワード島、カナダ連邦に加盟（一八七三年）、第一巻『赤毛のアン』

島はイギリス領でしたが、一八七三年に、カナダ連邦に七番目の州として加わります。

モンゴメリが生まれた一八七四年は、その翌年です。彼女の両親は、イギリス領カナダ人として生まれ育ったのです。小説中のマシュー、マリラ、リンド夫人も、カナダ人ではなく、もともとは英領人なのです。

さて、島が連邦に入った背景には、島の財政赤字があります。島の政府は鉄道建設を進めていましたが、線路用地の購入で財政負担がかさみ、カナダの国家予算で鉄道を敷設するため、連邦に加盟したのです。

鉄道の線路と支線の延長は、第一巻『アン』に描かれています。

十一歳のアンがグリーン・ゲイブルズに来たとき、アヴォンリーの最寄り駅はブライト・リヴァー駅（モデルはハンター・リヴァー駅）で、マシューが馬車で迎えに行きました（第2章）。

それから四年後、アンが十五歳になり、シャーロットタウンに下宿して師範学校に進学すると、週末の帰宅は、アヴォンリーの隣村カーモディ（モデルはスタンレーブリッジ）まで汽車でもどります。

［アンのホームシックは、週末ごとの帰省のおかげで少しずつ癒《い》えていった。アヴォンリーの学生たちは、まだ雪がつもらず外を歩ける間は、毎週、金曜日の夕方、新しく敷設された鉄道の支線で、カーモディまで帰ってきた。ダイアナをはじめ、アヴォンリーの若い連中は、彼らを迎えに、駅で待ち受けているのが常で、みんなで愉しくアヴォンリーまで歩いて帰る

のだった。」第35章

✿プリンス・エドワード島の電灯（一八八五年）、第一巻『赤毛のアン』

一八八五年、シャーロットタウンに電灯がつきます。『アン』においては、グリーン・ゲイブルズに電気はなく、ろうそくや灯油ランプの灯りです。部屋の隅には暗がりがのこり、そこに妖精や魔法の気配も息づいています。

しかしシャーロットタウンへ泊まりがけで出かけたアンは、夜の十一時に、電灯で明るいレストランで冷たいアイスクリームを食べます（第29章）。

アンが、アメリカ人の富裕な避暑客が島にきて長期滞在するホワイト・サンズ・ホテルで、詩の暗誦をするとき、宴会場には電灯が輝いて、アンは目のくらむ思いをします。

モンゴメリ自身は、五十代の一九二六年から一九三五年に住んだオンタリオ州ノーヴァルの牧師館が、初めて電気設備のある住居でした。生活の近代化も、カナダの半世紀以上を描くアン・シリーズから見てとれます。

✿カナダ大陸間横断鉄道完成（一八八五年）

カナダでは、一八五五年から大陸間横断鉄道の建設が始まります。初代首相のマクドナルドが、大西洋岸から太平洋岸までをむすんで、東西五千キロメートルをこえる広大な国土を一つの国家としてまとめる構想を計画して着工し、三十年かけて一八八五年に完成します。太平洋に面した西部のブリティッシュ・コロンビア州は、鉄道をこまでのばすことを条件に、一八七一年にカナダ連邦に加盟しています。

第四巻『風柳荘《ウインデイ・ウイローズ》』では、アンの婚約者ギルバートが、夏休みに西部の鉄道工事現場で働いています。彼は医学を学ぶ苦学生ですから、学費を貯めるためです（二年目第13章）。

第三巻『愛情』の冒頭では、第二巻『青春』で結婚式を挙げたアンの友人ミス・ラヴェンダーが、新婚旅行でカナダの太平洋岸を訪れます。

第五巻『夢の家』では、アンのクィーン学院からの友人ステラが、ブリティッシュ・コロンビア州ヴァンクーバーで教師をしています。また夫のあるレスリー・ムーアに恋をしたオーエン・フォードは、苦しい思いから逃《のが》れるために、島から最も遠い西海岸のヴァンクーバーへ去りますが、レスリーの夫の素性が判明すると、一目散に島に戻ってきます。

こうしたエピソードはすべて、一八八五年に鉄道がカナダの東西を結んでいたから書けたのです。

モンゴメリ本人も、一八九〇年夏、父が暮らす中西部のサスカチュワン州へ行ったとき、大陸間横断鉄道を利用しています。

✿電話線開通（一八九〇年）、第一巻『赤毛のアン』、第五巻『アンの夢の家』

電話は一八七六年にアメリカのベルが発明し、北米で普及します。

『アン』では、師範学校に進学したアンが、シャーロットタウンの下宿の窓から外を見ると、空に電話線がはりめぐらされています（第34章）。

島では、一八九〇年にシャーロットタウンで電話が開通し、一八九四年には「電話線延長に関する法律」が州議会を通り、シャーロットタウンからほかの町村へ電話線網が広がります。

アヴォンリーに電話線が届くのは、第五巻『夢の家』からです。結婚をひかえたアンと、母親になったダイアナの会話です。

「「どこに住むか、もう決まって？」ダイアナはたずねると、母の仕草《しぐさ》で小さなアン・コーデリアを抱きしめた。それを見ると決まってアンは胸を打たれ、言うに言われぬ甘やかな夢と希望と、また純粋な喜びにして奇妙に淡い苦痛が、心を満たすのだった。

「ええ。それを話したくて、今日来てちょうだいとダイアナに電話したの。それにしても、今のアヴォンリーに電話があるなんて、本当とは思えないわ。この懐かしいのんびりした昔ながらの土地には、不自然なほど当世風で、現代的《モダン》だもの」第1章

それからおよそ二十年の歳月が流れた第八巻『リラ』では、アンの子どもたちは当たり前に電話を使い、海外の戦場へ行った息子のニュースをブライス家にもたらす通信機器として長距離電話もたびたび登場します。

✿第一次大戦の影（一九一〇年代前半）、第七巻『虹の谷のアン』

『虹の谷』は、牧師館の子どもたちとアンの子どもたちの無邪気な少年時代、少女時代の物語ですが、戦争の気配が結末に出てきます。

「大戦の影は、まだその冷やかな前兆の気配すらなかった。フランス、フランドル、ガリポリ、そしてパレスチナで戦い、あるいは命を落とすことになる青年たちは、今はまだ悪戯好

きな男子生徒であり、輝かしい未来が約束されていた。やがて胸を痛めることになる娘たちは、まだ希望と夢に満ちた麗しい乙女だった。」第35章

文中のフランスとフランドルは第一次大戦の西部戦線の激戦地で、その塹壕《ざんごう》でアンの息子が戦う日々が第八巻『リラ』に描かれます。ガリポリは、カナダの敵国トルコ（オスマン帝国）の戦場で、英国とカナダの連合軍が、トルコ軍に惨敗して、二十五万人が戦死。パレスチナも、当時はトルコが支配していましたが、英国軍が攻撃します（『リラ』第27章）。

『虹の谷』第35章の章題「笛吹きよ、来るがいい」の「笛吹き」は、ドイツの古い町ハーメルンの伝説にちなんでいます。ネズミを退治する笛吹きが、笛をかなでながら町を練り歩くと、家々から子どもたちが出てきて、男の後をついていき、二度と戻ってこなかったという不気味な伝承です。『虹の谷』では、「笛吹き」はカナダの若者を戦地につれだす時代の風潮を暗示しています。

『虹の谷』の最後の段落では、アンの次男ウォルターが「笛吹き」の到来を予言し、アンの長男ジェムが「笛吹き」について戦争に行くと雄々しく宣言します。

［「笛吹きが、もっと近くに来ている」ウォルターは言った。「（略）影のある長いマントが、笛吹きのまわりで風にはためいている。彼は笛を吹く……笛を吹く……ぼくらは、ついていかなくてはならない……（略）ほら……耳を澄ましてごらん……不思議な音色が、聞こえないかい？」

少女たちは身震いした。（略）

ところがジェムは晴れやかに笑って、飛び起きた。小さな丘に立った彼は、丈高く、堂々として、広い額と恐れを知らない目をしていた。彼のような若者が、このかえでの国中に何千となくいた。

「笛吹きよ、来るがいい、歓迎するぞ」ジェムは手をふりながら、叫んだ。「ぼくは、喜んでついていくぞ、世界中をまわって、ついていくぞ」］第35章

✿第一次大戦（一九一四〜一八年）、第八巻『アンの娘リラ』

『リラ』（一九二一年刊行）の冒頭は、一九一四年六月。

ブライス家の家政婦スーザンが、炉辺荘で新聞を読んでいると、バルカン半島のサラエボ

（現在のボスニア・ヘルツェゴビナの首都）で、セルビア人の民族主義者が、オーストリアの皇太子夫妻を暗殺した事件が報じられています。

今のオーストリアは、スイスの東隣にある比較的小さな国ですが、当時はヨーロッパ各地に広い領土をもち、王家ハプスブルク家がさまざまな民族を支配していました。

新聞記事を読んだスーザンは、遠いヨーロッパの暗殺事件だから、カナダには関係がないと思います。モンゴメリもこのニュースに接して、同じように感じたことを日記に書いています。

ところがオーストリアは、皇太子夫妻が殺害された報復として、小国セルビアに宣戦布告します。するとロシアがセルビアを支援したため（どちらもスラブ民族）、今度はドイツがオーストリアの味方につき（どちらもドイツ語圏）、ロシアに宣戦布告します。さらにドイツは、フランスのパリ陥落をめざして、軍隊をドイツから西に進めてベルギーに侵入し、兵士だけでなく民間人も殺害します。

このドイツの軍事侵略をうけて、一九一四年八月、イギリスの国王ジョージ五世は、ドイツに宣戦布告します。

こうして戦争はヨーロッパ中に広がり、イギリス、フランス、ロシアの連合国側と、ドイツ、オーストリア、トルコ（オスマン帝国）の同盟国側を両軸として、それぞれの植民地や元植民地もくわわり、世界大戦へ拡大していきます。日本は日英同盟（一九〇二～二三）をむすんでいたことから英国側として参戦します。

カナダ自治領は大英帝国の一国で、外交権がイギリスにあり、イギリスの宣戦布告により、カナダも英国側として参戦します。

『リラ』では、カナダ国内でただちに志願兵の募集が始まり、ドイツ軍の侵略を阻止して平和をとり戻そうと、アンの長男ジェムなどの若者がみずから進んで入隊して、カーキの軍服を誇らしげに身につけます。

一方、繊細な文学青年の次男ウォルターは、自分が敵のドイツ兵を殺すことも、自分が殺されることも恐れ、入隊を迷い、弱虫の卑怯者扱いされますが、ドイツ兵がベルギーでドイツ軍の攻撃で民間の客船が沈没し、多くの人々が死亡したと知ると、覚悟を決めて兵士となり、キングスポート（モデルはハリファクス）の港から出征します。

三男シャーリーは、新設されたカナダ空軍の飛行機と操縦士に興味をもち、パイロットとして戦地に向かいます。

女たちの生活も一変します。アンやリラたちはすぐに赤十字を組織して、兵隊のシーツや肌着を縫い、靴下を編み、戦地に送って、後方支援をします。

リラは、愛国協会がひらく集会に出席して、戦意高揚の詩を熱烈に暗誦し、青年たちに入隊を呼びかけます。

アンの一家は、毎日、新聞で戦況を読み、フランスやベルギーの戦場の地名をもとに地図でたしかめ、家族みんなで英国軍やカナダ軍の劣勢を案じ、ドイツ軍の新兵器の毒ガス攻撃に戦慄《せんりつ》し、兵隊になった息子が無事かどうか気をもみます。異国の戦場にいる炉辺荘の息子たちに、家政婦スーザンは日持ちのする焼き菓子を焼いて送ります。それを受けとって喜んだ戦地の息子たちからは手紙が届き、シラミを殺しながら泥だらけになって塹壕《ざんごう》で戦う兵士の現実が綴られます。

カナダは戦時体制に入り、政府は軍事費調達のために戦時国債を発行し、家政婦スーザンとリラは、国債を買って国に協力するよう、村人たちに演説します。

家庭の小麦粉や砂糖の統制もはじまり、スーザンは丹精こめた牡丹《ぼたん》の花壇を野菜の畑にかえます。

燃料を節約するために夏時間（サマータイム制）も導入されます。時計を一時間進めて、朝五時を六時にして、朝早くから起きて、太陽の光を有効活用するのです。

激戦地にいる兵士の過酷な戦闘だけでなく、銃後の女、子ども、老人も戦争に協力する国家総力戦へ変わっていくプロセスを、モンゴメリは克明に描写しています。

シャーロットタウンの映画館では、ドイツ兵を悪者として描く米国ハリウッドのプロパガンダ映画がかかり、アンとリラは見に行きます。

同じ村のプライアー氏は、反戦と平和を訴え、徴兵制に反対する自由党の政治家ウィルフレッド・ローリエを支持しています。出征兵士の無事を祈る祈禱会が教会で開かれると、プライアー氏が語ります。

「この罪深い戦争が終わりますように――だまされて西部戦線で大量殺人をさせられている愚かしい軍隊が、みずからの非道に目をひらき、まだ間に合ううちに悔い改めますように――人殺しと軍国主義の道へ追いたてられた、ここにご列席の軍服姿の哀れなる若い青年たちを、今のうちに救わねばなりません――。」第20章

するとプライアー氏は、激怒した村人に突き飛ばされます。彼の家の窓には投石されます。さらに家政婦スーザンは、反戦をとなえるプライアー氏は敵国ドイツのスパイにちがいないとまで邪推《じゃすい》します。スーザンは、実在の米国の自動車王ヘンリー・フォードに対しても、彼

が大規模な反戦平和運動を展開したことから、罵《ののし》ります。

このようにモンゴメリは、善良で素朴な村人たちが、戦時下には、戦争に勝つことだけを正義として、平和主義者に偏見をいだき、軍国主義に扇動されていく姿を、しかしその一方で、世界の平和を守るという大義名分のために命を犠牲にして戦う若者への賞賛を、絶妙なバランス感覚で冷静に描き出します。

やがてアンが暮らす村グレン・セント・メアリから出征した若者たちの戦死、負傷による失明、捕虜、行方不明が報じられ、人々は嘆き哀しみますが、オタワの議会では徴兵制が賛成多数で可決され、アンの一家はそれを支持します。

このように『リラ』では、第一次大戦の開戦から終戦と兵士の復員までを、家族を外国に送り出した戦時下の母や姉妹たちが何を行い、何を考え、何を感じていたのか、戦場の兵士の心境はどうだったのか、新聞報道とモンゴメリ日記にもとづいて時系列に正確に書かれています。

英国と同じ連合国側のロシアが国内経済混乱のために戦線から撤退、ロシア革命が勃発して、つづくレーニンの台頭にも、『リラ』はふれています。

ヨーロッパの戦争から距離をおいていた米国がようやく参戦して大量の兵員と兵器を投入

すると、強かったドイツは敗色濃くなり、一九一八年に休戦を申し入れ、英国、カナダ、フランス、アメリカ、日本などの連合国側が勝利します。カナダ兵は約六十万人が出征し、約六万人が戦死して、再び祖国の土を踏むことはありませんでした。

前述のように、第一次大戦を描いた小説は、ドイツ人のレマルク著『西部戦線異状なし』、米国人のヘミングウェイ著『武器よさらば』などがありますが、『リラ』は、銃後の家庭と戦場の兵士の両方を描いた戦争文学の傑作です。その圧倒的な分量、扱う戦況と戦場の多さ、開戦の発端となるサラエボ事件から終戦後の兵士の復員まで網羅《もうら》した時間的な長さ、砲弾飛びかう最前線にたつ兵士の悲壮な覚悟の心理描写など抜きん出ていると私は考えています。

この六の扉で解説したように、アン・シリーズには、太古からの島とカナダの歴史が描かれています。

ちなみに、第一次大戦の勝利にカナダ兵の激闘と犠牲が貢献したことから、カナダは終戦後の講和会議に出席し、一九一九年のヴェルサイユ条約に一国として署名します。カナダはついに独立した外交権を獲得したのです。

第一次大戦時のヨーロッパ

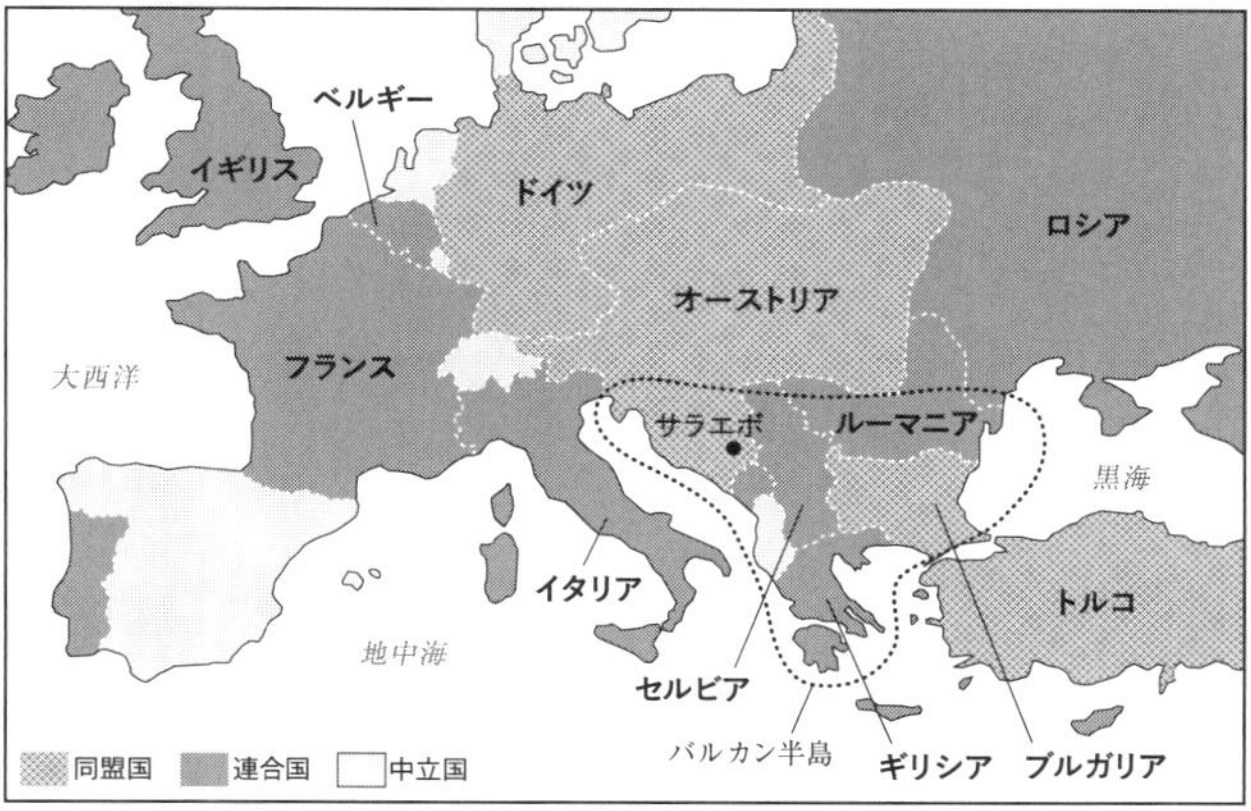

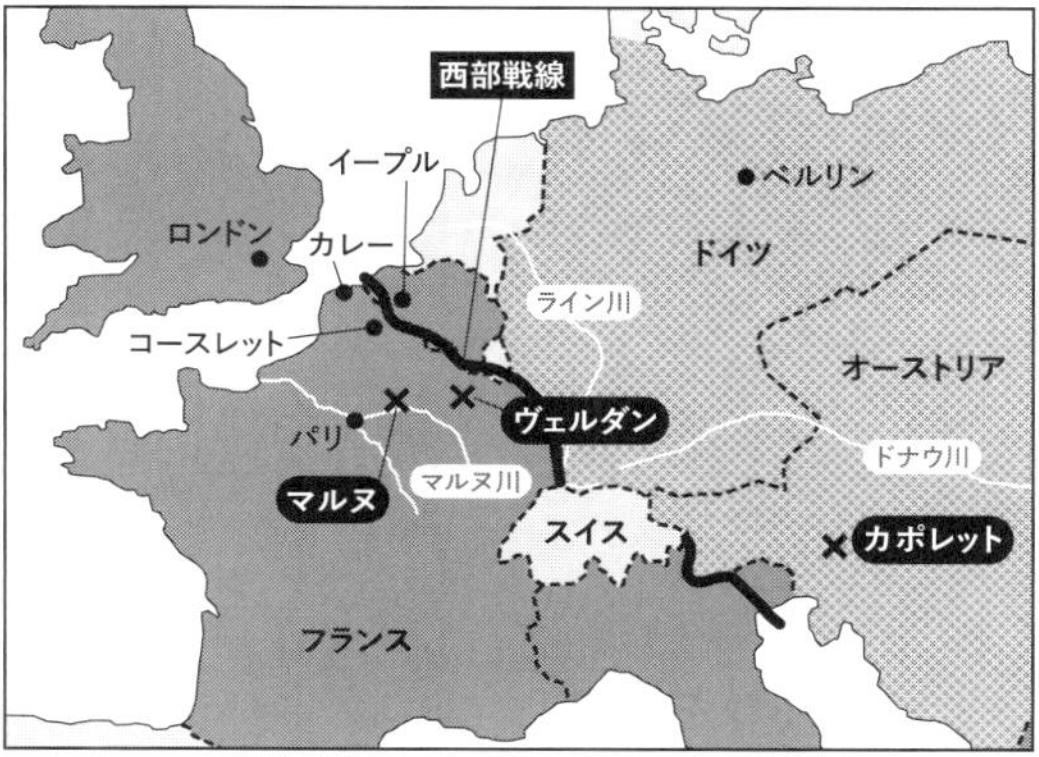

エドワード王子建立の時計台、ハリファクス

アンが愛する墓地公園、ハリファクス

エヴァンジェリン像、ノヴァ・スコシア州

1864年にカナダ連邦結成会議が開かれた広間。プリンス・エドワード島州議事堂内

プリンス・エドワード島州議事堂

ロブスター缶詰、PEI

王党派の碑とモンゴメリが教えた学校

墓地公園の英米戦争パネル、帆船軍艦とローレンス海軍将校、ハリファクス、ノヴァスコシア州

PEIから出征した戦没兵慰霊碑、シャーロットタウン。右から第一次大戦、第二次大戦、朝鮮戦争

七の扉

カナダの政治

〔実のところ、カスバート家では、買物はウィリアム・ブレアの店が行きつけだった。それは、教会は長老派教会に通い、投票は保守党に入れるのと同じように、一家の良心にかかわる問題と言ってもよかった。〕

『赤毛のアン』第25章

アン・シリーズにはカナダの政治についても書かれています。たとえば保守党と自由党の二大政党の対立、総選挙、政権の交代、総選挙の熱狂、女性の参政権などです。

モンゴメリが政治を描いた理由は、父方の祖父ドナルド・モンゴメリが、首都オタワの上院議員であり、政治の話題が身近にあったからだと思われます。モンゴメリ議員は保守党の政治家で、保守党の党首でカナダの初代首相をつとめたジョン・A・マクドナルド（一八一五～九一）と親しく、モンゴメリも保守党支持者でした。

✿第一巻『赤毛のアン』の二大政党

二大政党というと、アメリカの共和党と民主党がよく知られています。カナダでも十九世紀から二十世紀半ばまでは保守党と自由党の二大政党制であり、第一巻『アン』に出てきます。

［一月に、首相は島を訪問した。熱烈な支持者と、支持者ではないにしろシャーロットタウンで開かれる大規模な政治集会に参加する人たちにむかって演説するためだ。アヴォンリーの住民の大半は、首相の政党を支持していた。そこで大会の夜は、男性のほとんどすべてと、女性の相当数が、三十マイル離れたシャーロットタウンへ出かけていった。レイチェル・リンド夫人も出かけた。彼女は熱狂的な政治好きで、政治集会というものは、自分がいなければうまく運営できないと信じていたのだ。もっとも、夫人は、首相とは対立する政党を支持していたのだが。］第18章

『アン』第18章と第25章で、マシューとマリラのカスバート家とアンは保守党を支持していること、リンド夫人と学校のフィリップス先生、同級生のギルバートは自由党を支持していること、『アン』の時代の与党はマリラが支持する政党、つまり保守党であると書かれています。そこから島に来た首相は保守党の党首だとわかります。

これは一八九〇年に島を訪れたカナダ首相で保守党の党首、ジョン・A・マクドナルドです。

✿十九世紀の保守党の政策

保守党と自由党は、ほぼ正反対の政策をかかげていました。

保守党は、大英帝国の傘下《さんか》にあるカナダという国家観、イギリスの国王と王室のもとにあるカナダ国民という意識です。

たとえば『アン』で島に来たジョン・A・マクドナルド首相の有名な言葉に、「わたしは英国王の臣民として生まれ、英国王の臣民として死ぬ」があります。

保守党の別名は王党派《トーリー》です。『アン』では、保守党とトーリーの両方の単語が使われますが、同じ一つの政党です。

王党派《トーリー》は、英国王と英王室を支持する人々です。本書六の扉に書いたように、十八世紀半ばのアメリカの独立戦争のとき、祖国イギリスと英国王を敵にまわしたくないと考える英国系のアメリカ人は、イギリス領のカナダに亡命してきました。その数、五万人とも言われています。王党派とも呼ばれる保守党も、英国寄り、英国王室寄りのカナダという国家観です。

経済政策は保護貿易主義をとり、カナダの産業を守るために、アメリカ製品に高い関税をかけました。

またカナダ建国時の保守党は、どちらかというと中央集権的な政治決定をおこないました。

もちろんカナダは連邦制ですので、それぞれの州が一定の自治権をもちます。

しかし一八六七年にカナダ自治領が成立したばかりのころは、英語の読み書きができないフランス系と先住民族、英語しか話せないイギリス系など、さまざまな民族が広大な国土に住んでいました。それを一つにまとめて国家建設をするには、中央集権的でなければ進まなかった一面もあるでしょう。

✿十九世紀の自由党の政策

対する自由党は、大英帝国の支配から独立する新しいカナダという国家観です。

経済政策は、自由貿易主義です。つまりアメリカとの関税をとりはらい、アメリカとカナダ（両国とも通貨はドル）を一つの北米通商経済圏として、イギリスやドイツといったヨーロッパの工業先進国と対抗する政策です。

さらにカナダは日本の二十六倍という国土をもち、ヨーロッパにむいた大西洋岸とアジアにむいた太平洋岸とでは気候、風土、産業も違います。そこで様々な政治課題をそれぞれの州が決めるという地方分権主義をとりました。

このように保守党と自由党は政策がほぼ正反対のため、それぞれの支持者たちも、社会についての意見が大きく異なっていました。

『アン』では、野党自由党を支持するリンド夫人は、あらゆる機会をとらえて、保守党を批判します。ケーキのふくらし粉《ベーキング・パウダー》に粗悪品が多いことを政府は問題視するべきなのに、保守党の政府ではあてにならない（第21章）と、アンのクィーン学院入試の合格発表が大幅に遅れると、「試験の責任者は、保守党系の教育長だから」と言います（第32章）。

✿保守党支持者、自由党支持者の民族

現在のカナダでは政党が複数あり、また支持政党と民族はかならずしも一致しません。そもそも民族についていえば、今のカナダ人は、祖父母がスコットランド系とイングランド系とか、アイルランド系とイタリア系のカトリックなど、複数の民族由来をもつ人も多く、十九世紀のように純粋なスコットランド系の人々が多くいるわけではありません。

しかし十九世紀は、異民族間の結婚は一般的ではなかったため、アン・シリーズを読むかぎりでは、民族と支持政党は、ある程度、一致する傾向が見られます。

たとえば英国寄りの保守党は、どちらかというとスコットランド系など、イギリス系の人々が支持し、大英帝国から離れる立場の自由党は、主にフランス系やアイルランド系の

人々が支持しているようです。

ただし自由党が結党されたときの初代党首は、スコットランド生まれのアレグザンダー・マッケンジー（一八二二〜九二）です。

『アン』では、プリシー・アンドリューズの父親、『夢の家』ではマーシャル・エリオットなど、スコットランド系の自由党支持者もいます。

というのもスコットランド系には二つのタイプがあり、英王室に親愛をよせる王党派的な人もいれば、スコットランドが十八世紀にイングランドに併合されてスコットランド王国がなくなったことから、イングランドからの分離独立を目指す人々もいたのです。

この課題は、二十一世紀にもつながっています。「スコットランドは英国から独立すべきか、否《いな》か」を問う住民投票が、二〇一四年にスコットランドで実施され、結果は、独立賛成が四十五パーセント、反対が五十五パーセントと、まさに世論を二分したのです。

✿第二巻『アンの青春』アンの保守党とダイアナの自由党

第二巻の第18章「トーリー街道の変てこ事件」にも、二大政党の対立が描かれます。

グリーン・ゲイブルズにひきとられた双子の男の子デイヴィが大皿を割ってしまいます。それはアンが、ダイアナの大おばさまから借りた青柳模様《ブルー・ウィロー》の骨董品でした。責任を感じたアンは、同じような大皿を持っていると聞いたコップ姉妹の家へ、大皿を売ってもらいたいと出かけます。

コップ姉妹の家は、「トーリー街道」、つまり「王党派《トーリー》街道、保守党街道」にあります。ダイアナは自由党支持者のため、王党派街道には、コップ姉妹と自由党支持のマーティン・ボーヴィエ老人しかいない、ろくに人が住んでいないのに、保守党が自分たちは何かやっているのだと世間に示すために道を作ったと語ります。

ちなみに、マーティン・ボーヴィエ Martin Boyer はフランス人の名前です。フランス語では、マルタン・ボヴィエールという発音でしょうか。フランス系のカナダ人は、大英帝国から独立するカナダという国家観をもつ自由党支持者が多かったので、なおさら「王党派《トーリー》街道」はおかしいわけです。

この章には、「ダイアナの父親は、自由党の支持者だった。そのためダイアナとアンは、政治の話はしないことにしていた。グリーン・ゲイブルズでは、長年、保守党を支持しているからだ。」とあります。

アンとダイアナは腹心の友ですが、政治的な信条は異なっています。政治への考えは正反対でも、二人は末永く友情を培《つちか》っていくのです。

✿『アンの青春』総選挙の賄賂《わいろ》

第二巻『青春』のアンは、アヴォンリーの美しい景色を守り、さらに改善する組織「アヴォンリー村改善協会」をギルバートと立ちあげて活動します。

ところが村のパーカー氏が、彼の農場の塀に半マイル（約八百メートル）にわたって、丸《がん》薬《やく》や膏薬《こうやく》の広告を出すとわかります。アンたちはアヴォンリーの美観をたもつために考え直すように頼みますが、パーカー氏は断ります。

すると総選挙が近づいたある日、パーカー氏が、選挙運動をしているコーコランという男から、賄賂とひきかえに、とある候補者への投票を依頼されて引きうけた会話を、アンはたまたま耳にします。

アンに聞かれたと気づいたパーカー氏は、あわてます。自分が賄賂の裏取引に応じたことを、村中に言いふらされるのではないか、と早合点して、塀の広告はやめると、アンに告げます。こうしてアンたちの心配は解消されたという内容です（第14章）。

コーコランという名字を調べると、アイルランド人の名前です。

アイルランドは、第一次大戦後に、イギリスからの分離独立をめざして武装蜂起し、二年間の独立戦争をイギリス相手に戦ってアイルランド自治領となり、第二次大戦後の一九四九年にイギリスから完全に独立し、現在は国王をもたない共和国です。しかし十九世紀のアイルランドは、イギリスに支配されていました。

当時のカナダにいたアイルランド系は、大英帝国からの独立をめざす自由党支持者が多かったのです。賄賂をもちかけたコーコランという男は、自由党支持者の可能性があります。

モンゴメリは保守党支持者でした。贈賄《ぞうわい》をするような男を、自由党員を念頭において書いたかもしれないと考えると、なかなかに興味深く思われます。

✿第五巻『アンの夢の家』の総選挙

『夢の家』には、第35章「フォー・ウィンズの政治運動」という章があり、カナダの国政選挙にむけて運動する自由党と保守党の人々、開票日の興奮が描かれます。

本作では、保守党の支持者は、アン、ギルバート、ミス・コーネリアです。

ギルバートは、『アン』では自由党支持者でしたが、結婚後の『夢の家』では保守党支持者になり、保守党候補の応援演説までします。

理由は、『アン』第18章に書かれています。男性が求婚するときは、支持政党は女性の父親に従うとあるのです。アンの養父マシューは保守党支持でしたから、ギルバートも保守党に変わったのです。

対する自由党支持者は、ジム船長と、長髪が腰までのびている男性マーシャル・エリオット。二人ともスコットランド系です。

開票日には、それぞれの政党支持者が、別々のよろず屋商店に集まります。店には電話があり、結果がいち早く入るからです。保守党の支持者はラッセルの店に、自由党の支持者はフラッグの店で待っていると、自由党が勝利して十八年ぶりに政権を奪回したというニュースが入り、フラッグの店は屋根を持ちあげんばかりの大歓声と興奮にわきたちます。

自由党が勝つまで髪を切らない、と宣言していたマーシャル・エリオットは長い髪を散髪し、胸まである髭《ひげ》もそり、別人のようになったため、アンは、彼に会って会話をしたものの、最後まで誰だかわからず困惑します。

マーシャルの家に住みこみの家政婦は、夜中に知らない男が廊下をのしのし歩くのを見て気絶し、さらに「歩く干し草の山」から見違えるような美男子へ変身したマーシャルが、

「男嫌い」の女性と結婚する、めでたい展開もあります。

自由党の勝利は事実にもとづいています。一八九六年、自由党が二十二年ぶりに勝ち、十八年ぶりに政権奪回を果たしたのです。この勝利により、自由党党首のウィルフレッド・ローリエが、カナダ初のフランス系首相に就任します。それまでのカナダの首相はイギリス系ばかりでしたから、イギリス系が支配していた大英帝国的なカナダ政治が新しい局面を迎えたのです。この歴史的なニュースと興奮をモンゴメリは、面白い小説に仕立てたのです。

ちなみに、カナダの首相を父子《おやこ》でつとめたピエール・トルドー（一九一九〜二〇〇〇）と息子のジャスティン・トルドー（一九七一〜）もフランス系で、自由党党首です。父のピエール・トルドーは、移民から成りたつカナダの「多民族多文化主義」を初めて国策として掲げた首相です。


✿第八巻『アンの娘リラ』一九一七年の国政選挙、争点は徴兵制

自由党政権は、一八九六年から十五年間続きましたが、一九一一年に保守党が勝ち、政権を奪いかえします。

第八巻『リラ』は、一九一四年六月の第一次大戦直前から、一九一九年春までの五年間を描いていますから、小説前半は、保守党が与党です。ところが、小説の後半、大戦中の選挙では、カナダ史上初の連合政党が誕生して、勝利します。

このいきさつを、モンゴメリは『リラ』にくわしく書いています。

選挙は、第一次大戦の開戦から四年目の一九一七年に行われました。

ドイツは戦争前から徴兵制を導入して兵士の軍事教練をおこなっていました。ドイツの軍国主義については、第七巻『虹の谷』で、政治の話題を好む女性エレン・ウェストが語っています。

一方、カナダには徴兵制はなく、大戦が始まると、若者はみずから志願して入隊しました。アンの息子ジェム、ウォルター、シャーリーは志願兵です。

しかし数か月で終わると楽観視されていた戦争は、ヨーロッパの西部戦線などでドイツ軍の攻撃に苦戦し、長期化します。カナダでは戦死者、負傷者が増えて志願者が減り、兵力が不足しました。与党の保守党は、一九一七年八月、徴兵制を議会で可決します。

これに自由党とフランス系の人々が猛反対します。とくにフランス系が暮らすケベック州で反対運動が激しく、州最大の都市モントリオールでは大集会が暴動に発展します。

当時のカナダ国旗は、いまの白地に赤いカエデの葉ではなく、赤地に英国旗のユニオン・

ジャックがついていました。

フランス系の人々にとっては、英国旗のもとで、外国人のイギリス国王のために自分の命をかけてまで戦う義理はありません。またフランス系は、連合国側のフランスに対しても、そこまでの忠誠心はなく、徴兵制に反対しました。

こうして徴兵制について、国を二分する大論争がまきおこり、総選挙の争点は、徴兵制になったのです。

もちろん与党保守党は徴兵に賛成、自由党は反対ですが、一部の自由党の議員は、徴兵制に賛成しました。戦争に勝つためには、最前線へ行く兵士の補給が必要という現実的な考えからです。

というのもカナダはイギリスの自治領であり、もしイギリスが負けてドイツが勝てば、カナダがドイツの領土になる懸念《けねん》があったのです。その恐れを、モンゴメリは日記に書き、『リラ』ではウォルターに語らせています。

そこで保守党は、徴兵に賛成する一部の自由党議員をまきこんで、連合政党のユニオニスト党を立ちあげ、一九一七年十二月の総選挙では、連合政党と自由党が対決したのです。

こうなると、徴兵に賛成する自由党支持の国民は、今まで批判してきた保守党主体の連合政党に投票する羽目になり、一方、徴兵に反対する保守党支持者は、自由党に投票するしかなく、どちらもみずからの信念を曲げることになったのです。

その混乱を、モンゴメリは『リラ』において、リラの日記として書いています。

［昔からの自由党員のなかには、ロバート・ボーデン卿（引用者註・保守党党首、当時の首相）に投票しなければならないので、死にそうな思いをしている人もいる……でも、カナダも徴兵制をもつ時期が来たと思うなら、ボーデンに入れるしかない。おまけに徴兵制に反対の保守党員は、かわいそうに、目の敵《かたき》にしてきたローリエ（同・自由党党首、徴兵制に反対）に票を入れなければならない。それが一部の保守党員にとっては、つらくてたまらないのだ。］第27章

開票日、アンたち一家は夜も寝ないで開票結果を待ちます。リラの日記です。

［夜十二時、父さん（引用者註・ギルバート）が帰宅した。父さんは戸口に立ったまま、じっと私たちを見た。私たちも父さんを見つめたけれど、結果をきく勇気はなかった。すると

父さんが、ローリエは西部で『まったくとれなかった』、連合内閣が圧倒的多数で政権をとったと言ったのだ。ガートルードが拍手した。私は笑いたくなったり、泣きたくなったりした。母さんの瞳は、昔のように星がまたたくように輝いた。スーザンは、あえぎ声とも悲鳴ともつかない妙な声をあげて、

『これを聞けば、皇帝《カイゼル》（同・敵国ドイツの皇帝）も、枕を高くして眠れませんよ』と言った。

私たちはベッドに入ったが、興奮して眠れなかった。」第27章

保守党を支持するアンの家庭では喜びの一夜となったのです。翌一九一八年春、カナダは徴兵制を実施します。

✿モンゴメリの戦争観

モンゴメリは第一次大戦に賛成していました。戦闘の犠牲者は残念ではあるが、ドイツ軍のベルギーやフランスなどへの侵略と攻撃を止めて、世界に平和と自由をとりもどすためには、やむを得ないという考えでした。カナダが勝つために徴兵制に賛成したのです。

その一方で、大戦中の日記には、二人の息子チェスターとスチュアートがまだ幼く、兵役

に就かなくてもよいことを感謝するとも書いています。

大戦は、四年三か月間続き、一九一八年十一月に終わります。

モンゴメリは人類史上初の世界大戦は一度きりである、二度と戦争はないだろう、と考えていましたが、ナチス・ドイツがまた軍事侵攻を始め、一九三九年に二度目の世界大戦が始まります。それまで第一次、第二次という呼び方はありませんでしたが、二度目の大戦が始まったため、最初の戦争は「第一次」となったのです。

モンゴメリの戦争観は晩年にかけて変化していきます。第一次大戦が平和をもたらさなかった事実、二人の息子が兵役年齢となり、徴兵されて戦闘につく不安に襲われます。またカナダの若者が徴兵されて、ヨーロッパの異国の戦場やアジアのイギリス領に行って戦闘に加わることを、疑問視するようになっていました。

✿『赤毛のアン』、『アンの娘リラ』女性の参政権

『アン』の時代の十九世紀カナダに、女性参政権はありません。政治好きのリンド夫人は、議会がある首都「オタワのようなやり方では、そのうちカナダは破滅する」、「女の人にも選挙権があれば、すぐに改善されるだろう」と話します（第18章）。

しかし第一次大戦中の一九一七年、連合政党と自由党が対決した総選挙で、女性は初めて連邦議会議員への投票がみとめられました。

ただし兵士の母、妻、娘、姉妹だけでした。州によっては先住民族や有色人種の女性は投票できないケースもありました。

第八巻『リラ』では、アンは、息子三人が出征しており投票しました。一方、家政婦スーザン、炉辺荘に同居する教師ミス・オリヴァーは独身のために選挙権がなく、憤慨しています。

この不公平な制度は、大戦中の一九一八年五月にあらためられ、二十一歳以上の成人女性に国政選挙の投票権が認められました。

✿アン・シリーズのカナダ首相

三人のカナダの首相が登場します。

まず、建国から首相をつとめたジョン・A・マクドナルド（保守党）が、『アン』に描かれ、マクドナルドの立派な鼻と人の心をつかむ演説のうまさを、マリラがアンに語ります（第18章）。しかし『アン』はアメリカで発行されたため、首相の名前は書かれていません。

次に、ウィルフリッド・ローリエ（自由党）の名前が、第八巻『リラ』に何度かでてきます。ローリエは、『夢の家』の自由党の歴史的勝利から、一九一一年まで首相をつとめます。一九一七年の徴兵制が争点となった総選挙では、反対する自由党側として、ローリエの名前がリラの日記に出てきます（第27章）。

三人目は、ロバート・ボーデン（保守党）です。在任期間は一九一一年から二〇年ですから、第一次大戦の開戦から戦後処理まで、カナダの政治と戦争を指揮したことから、『リラ』にはたびたび登場します。たとえば政府が、燃料節約のために夏時間を導入すると、家政婦スーザンは従わず、自分の「時計は、神さまの時間で動きます。ボーデン首相の時間じゃありません」と言います（第30章）。

第五巻『夢の家』と第八巻『リラ』はカナダの出版社から出版されたことから、カナダの総選挙の熱狂と首相の実名が書かれます。

一方、シリーズ前半の『アン』『青春』『愛情』の三冊はアメリカのペイジ社から出たため、カナダの選挙と政治家の名前は記載されません。

アメリカとカナダのどちらの版元から刊行されたのか、という観点から見ると、ほかにも面白い発見があります。第二巻『青春』でアンは感謝祭は十一月だと話しますが、これは米国式です。冬の訪れが早い北国カナダでは、収穫の感謝際は十月です。『青春』はボストンのペイジ社発行ですから、アメリカの暦で書かれたのです。

このようにアン・シリーズには二大政党、選挙、参政権など、政治にまつわる描写と会話が多数あります。日本文学でも英文学でも、登場人物が支持する政党と他の党との対立、選挙運動や開票が描かれる小説は珍しいと思います。アンの物語は、料理やお菓子、手芸やドレスといった家庭生活の安らぎと楽しみが描かれる一方、政治についても読みごたえがあり、モンゴメリ文学の多面的な魅力、奥深さのあらわれと言えるでしょう。

さて、二十一世紀のカナダには複数の政党があります。保守党と自由党のほか、一九六一年に結成された新民主党、エコロジーを掲げるカナダ緑の党などです。アンとモンゴメリが支持した保守党は、一九九三年の総選挙で、獲得わずか二議席と大幅に議席を減らし、存続の危機をむかえます。二〇〇六年に政権をとり戻しますが、二十一世紀のカナダでは現在のところは自由党政権のほうが多いようです。

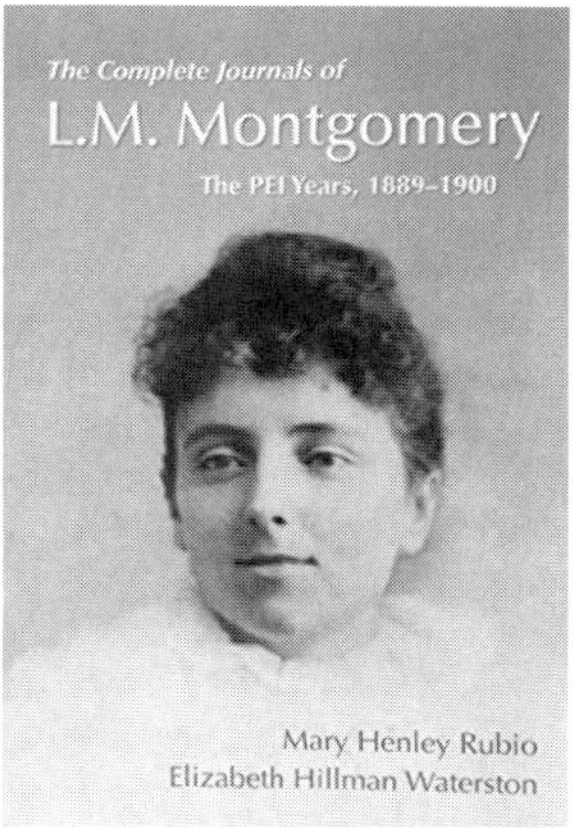

『モンゴメリ日記全文版 1889〜1900年 PEI時代』(書誌情報は本書巻末)

カナダ旧10ドル紙幣。鼻が立派な初代首相マクドナルドの肖像

モンゴメリが教えた学校の教室。英国旗ユニオン・ジャック

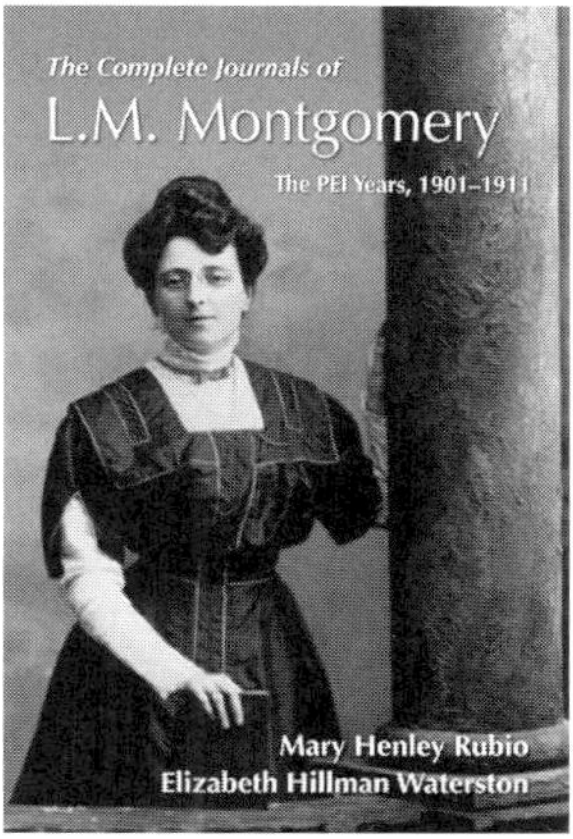

『モンゴメリ日記全文版 1901〜1911年 PEI時代』

『モンゴメリ日記全文版 1911〜1917年　オンタリオ時代』

『モンゴメリ日記全文版 1918～1921年
オンタリオ時代』

『モンゴメリ日記全文版 1922～1925年
オンタリオ時代』

『モンゴメリ日記全文版 1926～1929年
オンタリオ時代』

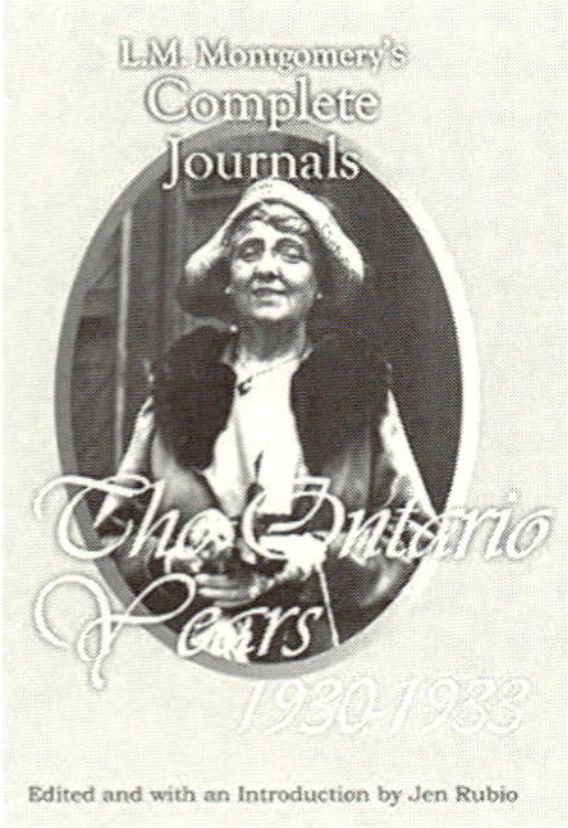

『モンゴメリ日記全文版 1930～1933年
オンタリオ時代』

八の扉

翻訳とモンゴメリ学会

「アンは幸福だった。彼女は何にでも熱心で、関心をよせた。学ぶべき学科、勝ちとるべき栄誉、読みごたえのある楽しい本、日曜学校の聖歌隊で練習する新しい歌、アラン夫人と牧師館で過ごす土曜日の愉しい昼下がり。そして気づかないうちに、春がまたグリーン・ゲイブルズに訪れ、世界はいっせいに花々に包まれた。」

『赤毛のアン』第30章

なぜ『赤毛のアン』の翻訳と研究をすることになったのか、よく質問を頂きます。八の扉ではそのあたりを書いてみます。

✿十四歳の秋の日とアン

初めて『赤毛のアン』を読んだのは中学二年生の秋でした。私は図書委員をつとめ、昼休みと放課後は図書室の窓口カウンターのいすに腰かけて本の貸出や返却の手続きをする合間に、背表紙から興味をひかれる本をひらき、書棚を整頓《せいとん》して、本に囲まれた幸せな時をすごしていました。学校近くには市立図書館があり、下校の道中に当時は五軒の本屋が店をかまえ、東京から届いたばかりの新刊書を立ち読みしたり雑誌を買ったりするのも愉しみでした。客間には母がもとめた筑摩書房の日本文学全集、父がそろえた中央公論社の世界文学全集がならび、私は小説を拾い読みし、自分で詩を書いていました。

　ある日、中学校の図書室で講談社の単行本『赤毛のアン』を借りて昼休みから読み始めたところ、すぐさまアンの物語に没頭したのです。午後最初のクラスは自習時間だったのか、しばし読みふけり、次の授業が始まり顔をあげると、まるで暗い映画館から急に外に出ると見慣れた町並みが違った風景に見えるように、別の世界へ生まれ変わったような心地がしました。木造校舎の窓の外には雨上がりのもやがかかり、そこに午後の日が射して白金色に光っていました。真昼の明るく幻想的なもやを見たのは後にも先にもあの一度だけです。

　十四歳の私は太宰治と谷崎潤一郎の小説に耽溺《たんでき》していました。男性作家の手になる大人の男性心理を読んでいた私が、『アン』で初めて自分と同じ十代の少女に出会い、情感豊かで生気あふれるアンに心をわしづかみにされたのです。アンのロマンチックで夢見がちな感性と意欲的な向上心、モンゴメリの麗しい文体、プリンス・エドワード島の四季折々のすがすがしく神秘的な風景描写、ダイアナとの愉しい遊びと会話、まだ海外旅行が珍しかった一九七〇年代ですから遠いカナダの暮らし、西洋料理と焼き菓子、手芸、ちょうちん袖のドレスにも憧れたものです。シリーズを新潮文庫で集めて、くり返し読み、『アン』は心のバイブルとなったのです。

✿村岡花子訳の魅力

村岡花子訳『赤毛のアン』の発行は、昭和二十七年（一九五二）です。訳文には明治生まれの文筆家ならではの古風な言葉遣いが、会話部分には古き良き時代の品のよさがあり、全体の快《こころよ》いリズム、馥郁《ふくいく》として朗《ほが》らかな文体が、読書の歓びに誘います。

村岡花子氏は歌人でもあり、わが子をこの世に迎える産着を縫い母になる日を待つ静かな喜びの一首、慈しみ育てた愛児が他界して小さな骨壺を前にした悲哀の一首など、詩歌を詠む才能と語彙の確かさに感銘をうけます。

日本で『アン』が一九五〇年代から愛されてきた理由は、モンゴメリの優れた筆力はもちろん村岡花子訳の文章に負うところが大きく、私も十四歳で村岡花子訳に出逢ったからこそ、アンの世界を愛し、座右の書としてきたのです。

✿『赤毛のアン』新訳の依頼を断る

文学新人賞に応募して二十四歳で小説家になり、四年後の一九九一年の春、集英社から『アン』の新訳を依頼されました。「村岡花子先生の名訳があり、私はずっと愛読してきましたので、新たに訳す必要はないと思います」とお答えして辞退しました。それに『アン』は児童書だと思いこんでいたからです。二十代の私は、海外文学ではサガンとコレットを好んでパリを歩きまわり、最愛のアンの世界は愛しい少女小説の範疇《はんちゅう》と考えていたのです。

しかしお断りした会合の帰り道、そういえば『アン』を英語で読んだことがないと気づき、書店でペイパーバックをもとめ地下鉄に乗り、さっそく頁をひらくと、冒頭に初めて見るブラウニングの詩があり、これは何だろうと不思議に思いました。日本では、『アン』はアンが十一歳で島に来るところから始まるとされていましたが、原書はアン誕生の祝福から幕を開けていたのです。そもそもモンゴメリの原文は一文一文が長く、単語も文学的であり、児童書ではないとすぐにわかりました。以下は第1章「レイチェル・リンド夫人、驚く」の冒頭から一つ目のピリオドまでです。

CHAPTER I　Mrs. Rachel Lynde is Surprised

Mrs. Rachel Lynde lived just where the Avonlea main road dipped down into a little hollow, fringed with alders and ladies' eardrops and traversed by a brook that had its source away back in the woods of the old Cuthbert place; it was reputed to be an intricate, headlong brook in its earlier course through those woods, with dark secrets of pool and cascade; but by the time it reached

Lynde's Hollow it was a quiet, well-conducted little stream, for not even a brook could run past Mrs. Rachel Lynde's door without due regard for decency and decorum; it probably was conscious that Mrs. Rachel was sitting at her window, keeping a sharp eye on everything that passed, from brooks and children up, and that if she noticed anything odd or out of place she would never rest until she had ferreted out the whys and wherefores thereof.

文体と語彙から、子どもむけに書かれていないことは一目瞭然です。

さらに十代から暗記するほど読んで私の血肉となっていた村岡花子訳が省略版だったことも初めて知りました。冒頭のブラウニングの詩のエピグラフと献辞のほかに、マシューの母がスコットランドから白いスコッチローズをたずさえてカナダに渡って来た描写、マリラがアンに「血と肉を分けた実の娘のように愛している」と語り二人が母娘《ははこ》となる感涙の場面、アンが夕暮れの墓地で来し方ゆくすえに思いをはせるしみじみとした場面、ギルバートが自己犠牲の献身でアンにアヴォンリー校の教職を譲ったとリンド夫人が語る夏の夕暮れの場面など多くの描写を原書で初めて読み、驚いたのです。

もっとも、かつての邦訳小説は必ずしも全文訳ではなく抄訳と翻案が一般的でした。十九世紀から二十世紀前半の西洋文学は概して長い作品が多く、長大な原作から日本人には冗漫《じょうまん》なところやわかりづらい部分を省き、面白い場面を選んでうまくつなぎあわせて編集するわざが翻訳者の腕の見せ所だったのです。

また西洋文化に疎《うと》いかつての日本人には馴染《なじ》みのない西洋の衣食住の品々をわかりやすい別のものに置き換える工夫も重要でした。村岡花子訳『アン』では、棒針編みのベッドカバーがさしこふとんに、ラズベリー水がいちご水、カシスの果実酒がぶどう酒、メイフラワーがサンザシに変わっています。

村岡花子訳『アン』で聖書由来の言葉が省かれている理由も、日本にはキリスト教徒が少ないため、アンやダイアナの民族衣装が訳されないのは、昭和の日本人にとっては移民によるカナダ人という意味合いが理解しづらいだろうという配慮からでしょう。こうした村岡花子訳の省略と改変のおかげで昭和に生まれ育った少女時代の私にも『アン』は読みやすく、夢中になれたのです。そうした意味で村岡花子訳は一九五〇年代に求められる上質な翻訳です。ほかにも『アン』の邦訳書は多数あり、村岡訳を踏襲《とうしゅう》したわかりやすい抄訳と改変版であり、日本における『アン』人気を支えたのです。

しかし一九八〇年代からは日本でも西洋の品々が一般的になり、文芸翻訳は正確な全文訳が基本となりました。私自身、小説家であり、文体と場面は考え抜き、語彙は選び抜いて執筆します。凝った文章を書く小説家モンゴメリも正確な全文訳を望むだろうと思いました。

西洋の名作は若い読者のための読みやすい良い抄訳が大切です。と同時に、原書通りの翻訳も大切なのです。

こうして思いがけず『アン』の新訳に取り組むことになりました。それが今も続くモンゴメリ研究の長い道のりの第一歩であることを、二十代の私はまだ知りませんでした。

✿プリンス・エドワード島へ

一九九一年春に翻訳を始めると、すぐにカナダ旅行を手配しました。『アン』には島の風景と地形、植生の描写が多く、現地取材が重要だと思ったからです。たとえば現代のカナダ人が『源氏物語』を英訳するなら、一度も日本へ行かずに光源氏の恋とあわれを訳すよりは、一度でも京都や宇治を旅するほうがよいでしょう。

一九九一年夏に初めてカナダを訪れたときは、憧れの「アンの島」に来た感激はもちろん、翻訳者として「ああ、モンゴメリが英語で書いていたあれは、これだったのか！」と、見るものすべてに目からうろこが落ちる新発見の連続でした。

たとえば、リンド夫人が暮らす窪地《くぼち》とはこういう地形だったのか！　に始まり、『アン』冒頭でリンド夫人が十六枚編むベッドカバー、アンとダイアナのお茶会のラズベリー水、島の乾いた赤土の色と濡れた赤土の色合いの違い、日本ではめずらしいえぞ松《とうひ》の青灰色の葉が鈍く光る針葉樹の堂々たる美、緑の葉と白い幹がさわやかな樺《かば》の木立……。

銀色と桃色に空が光って夜が明けていき、薄青と真珠色の朝もやが淡くかかり、やがてどこまでも高い青空が広がり、緑のまき場はそよ風に波うち、歩いていく島の赤い道のむこうのセント・ローレンス湾に濃紺の海が盛りあがるように満ち、赤茶の砂岩の断崖に打ちよせる白波の音を聴き、潮の匂いをかぎます。また林をゆけば木立を吹きぬける風の涼しさに驚き、高緯度地帯の夏の八時、九時となってもなかなか暮れない金色《こんじき》の明るい夕方を初めて体験し、壮大な夕焼けに天を仰いで息をのみ、紫色に翳《かげ》っていく宵に星影がまたたき、夜の漆黒の海に昇る月の幻想美、月にむかって暗い海面に銀色の道がちらちらまたたいてのびている美しさ。モンゴメリによる麗々しい島の描写は現実の風景であり、そこにわが身をおく喜びに陶酔しました。

モンゴメリ生家で彼女の若かった父母の新婚時代を想い、引きとられて育ったマクニール家では家屋はすでにないものの、敷地を囲む木立の葉のざわめきを聴きながらモンゴメリが

『アン』を書いた暮らしを想い、モンゴメリと夫ユーアンが結婚の誓いを述べたキャンベル家客間の暖炉の前に私も立ち、彼女が生きた日々を実感しました。

次の取材からはレンタカーで移動しましたが、最初の旅は、島に生まれ育ち、米国テキサス州で働いて島外の暮らしも知るカナダ人男性の運転とガイドでまわり、島の習慣、食事、動植物、島民気質、そしてモンゴメリについて質問しました。島からアンのふるさとノヴァ・スコシア州の空港へ飛び、モンゴメリが大学で学び、新聞社に勤務して、第三巻『愛情』に描いたハリファクスも一九九一年に取材しました。

カナダ東部とモンゴメリの故郷を旅して、『アン』を深く理解できた感激と文学旅行の面白さを知った私は、好きな小説の舞台となった土地と作者の家を探してドイツや英国など欧米の田舎へ行き、百作品の舞台を訪れるようになるのです。すべての始まりはプリンス・エドワード島旅行の感動でした。

✿引用句の出典探し

『アン』の原書には凝った古風な一節が多く、英詩や戯曲の一節ではないかと考え、引用かもしれない文章を七百か所、ノートにペンで書き写し、翻訳しながら出典の調査も始めました。

一九九一年はインターネットの普及前であり、アナログ手法です。まずは世界最大の引用句辞典を米国マクミラン社に注文。三か月後に船便で届くと、三千頁もある分厚い本でした。シェイクスピア劇『ロミオとジュリエット』などの名句の出典がわかりましたが、モンゴメリはとくに有名ではない一節も『アン』に入れているため引用句辞典には載っていません。

そこでデジタル検索に乗り出しました。電話回線で日本のパソコン通信を経由してＡＯＬ（アメリカ・オンライン）に入り、米国ネットのシェイクスピア全集にアクセスしたのです。当時は画面上の検索はできず、しかもパソコン内にハードディスクがないという時代です。シェイクスピアの戯曲を三十七枚のフロッピーディスクに保存して、一つの引用らしき節を探すたびに、三十七回、フロッピーを出し入れして検索。結果、『ハムレット』などからの引用が判明しました。

引用元が見つかるごとにモンゴメリの文学への愛と『アン』の仕掛けに感激し、原稿用紙八百枚を全文訳する励みとなりました。

二年がかりの翻訳と調査で一九九三年に単行本『赤毛のアン』を刊行。訳註では、シェイクスピア劇などの文学と聖書の引用出典、十九世紀カナダの衣食住、植物、歴史や地理など百十七項目を解説しました。あとで知ったのですが、世界初の注釈付『赤毛のアン』でした。日本語の文体について言えば、『アン』の時代背景は、作中の描写から一八八〇年代後半から九〇年代前半であること、またモンゴメリの原文は小説の地の文章も会話も古風な英語で書かれているため、訳文は現代的な言葉ではなく、どことなく昔ながらの雰囲気のある丁寧な日本語を心がけました。

本が出た後も調査は続けました。文庫化にむけて、さらに引用出典を見つけたかったのです。そこでシェイクスピア劇以外の英米詩のテキストデータを集めました。一九九〇年代前半は古典文学をテキストで収めたCD－ROMや、モンゴメリが読んだ欽定訳聖書を含む英訳聖書テキストのCD－ROMが発売されており、渡航して書店を探して求め（ロンドンの街角で販売していたインド人セールスマンから買ったことも）、都内書店の洋書部でも注文しました。

ただし一般的な英米文学CD－ROM集にはない詩も『アン』には用いられているため、今度は自分で詩のデータベースを構築しようと考えました。

一九九四年に米国ハーバード大学図書館へ、一九九五年にはスコットランド文学をもとめて英国図書館へ行き、モンゴメリが愛読した十九世紀の英米詩集をコピー。北ロンドンのハムステッドの古書店でも十九世紀の古詩集をもとめました。ロンドンでスーツケースを追加購入して日本に持ち帰り、コピーした紙を一枚ずつスキャンして画像データに変換し、画像データからアルファベットを拾いテキスト化するOCRソフトでデータベースを作り、それをもとに連日、『アン』中の古風な英文の一つ一つについて調査を続けました。

一九九七年からはインターネットを導入して、ネット検索を始めました。その秋、モンゴメリが結婚後の後半生を暮らしたオンタリオ州へ行き、トロント公共図書館勤務の梶原由佳氏から、故リア・ウィルムズハースト氏の論文「L・M・モンゴメリの『アン』ブックスにおける引用と引喩」を頂いたのです。カナダにも同じ研究をしている人がいると初めて知り、勇気づけられました。

同年、米国オックスフォード大学出版から『註釈付き赤毛のアン』が刊行されます。この本の編集者から私のサイト宛てにメールが届き、松本訳が世界初の註釈付『アン』だと教えてくださいました。そのメールには「大学または政府から研究助成金を受けていますか？」という質問もあり、「私は作家であり、小説やエッセイを書いて、その収入を研究費と渡航取材費にあてています」とお答えしました。一九九〇年代半ばは紙の本がよく売れていたのです。

今ならネット検索でわかることも多いのですが、英米の歴史的な図書館で百年以上前の本を読んだ経験は貴重でした。当時の英国図書館は大英博物館にあり、その希少本閲覧特別室で、『アン』第5章でアンが暗記しているとマリラに語るジェイムズ・トムソンの詩集『四季』の十九世紀に出た美しい古書や、ヴィクトリア朝のエジンバラやインヴァネスで出版された詩集の黄ばんだ紙にふれて濃い印字の詩を読み、繊細なペン画のイラストをながめ、金を使った表紙、造本の丁寧な仕事ぶりに感嘆の息をもらしたものです。そうした紙の本の遺産は、ネットのテキスト検索では見ることも触れることもできません。ハーバード大学図書館の深閑とした読書室でロングフェロー詩集を辞書をひきながら読み、裏表紙の内側に糊づけされた紙ポケットにおさまる貸出カードには、借りた人物と年月日が万年筆インクで記《しる》され、私の前には一九一五年に男子学生が借りています。今は生きてはいないだろうこの青年は、それからどんな人生を歩んだのか物思いにふけりつつ、モンゴメリも読んだ詩を解釈するひとときの喜びは筆舌に尽くしがたいものでした。

現在はネットで古典文学を検索できるといっても、画面の英文の多くは、私と同じように海外の誰かが古い書物を一ページずつスキャンしてデジタル化し、綴りに間違いがないか校閲したものでしょう。私がテキスト化した古い英詩も、校閲済みのものはオンラインで公開しています。「十九世紀の詩をあなたのサイトで見つけて勉強に活用しました」というメールが米国の大学院生、欧州の研究者から届いたことがあります。

✿『赤毛のアン』の英文学の旅へ

モンゴメリの引用は、その句が詩的で美しい言葉だから『アン』に入れたという単純なものではありません。本書「二の扉　英文学」に書いたように引用元と同じ意味や展開が『アン』に重ねあわされるケースが多いのです。

モンゴメリの引用意図を考えるために、出典が判明した後は、その原典を読むようにしました。さらに個々の作品への理解を深めたいと舞台の土地を訪れました。

ドイツでは、『アン』でギルバートがアンに愛を告白する詩「ライン河畔《かはん》のビンゲン」のライン川に面したビンゲンへ行き、死にゆく青年兵士が恋する乙女と歩いた葡萄畑へ。イタリアではアンが語る『ロミオとジュリエット』の古都ヴェローナ、フィリップス先生が暗誦する『ジュリアス・シーザー』の古代ローマの遺跡フォロ・ロマーノ、『アン』の結末でアンが「神は天に在《あ》り……」とつぶやく劇詩『ピッパが通る』の舞台アゾーロなど。デンマークではアンが思う『ハムレット』の厭世《えんせい》の句の舞台エルシノアの古城へ、米国では詩人ロングフェローの屋敷、スペインではアンが引用する詩「バレンシアの包囲戦」のレコンキスタの防御壁、スコットランドではアンが愛読するサー・ウォルター・スコットの豪邸、詩「スコットランド女王メアリ」でアンが暗誦するシーンの舞台となったホリールード宮殿のメアリの居室へ、イングランドではスコットランドとイングランドの天下分け目の戦い「フロッデンの戦い」の古戦場、聖カスバートが暮らした北海の小島ホリーアイランドなど十五か国の各地を訪れ、『アン』の地下に鉱脈として広がる英文学の豊穣さとモンゴメリの教養に畏敬の念をおぼえ、多くを教わる旅の連続でした。

✿全文訳『赤毛のアン』の反響

新訳『アン』には多くの分野から反響がありました。

読者からは、モンゴメリの原書通りの小説を初めて読んで文学性の高さに感動した、前から疑問だったいろいろなことが明らかになって良かったというご感想と同時に、村岡花子訳に膨大な抜けや書き換えがあるとは知りたくなかった、ショックだったという声も聞かれました。その心境には深く共感します。なぜなら私自身が憧れの村岡花子訳に省略と改変があると気づいたときの衝撃とまったく同じだからです。

予想もしなかった展開は、アカデミックな世界からの反響です。

東京大学から単発講義、慶應義塾大学から連続講義のご依頼を頂き、文芸翻訳、引用出典の調査方法、作中の英文学とアーサー王伝説について解説しました。カルチャースクールからもご依頼があり、アン・シリーズの原書を精読する講座を二十年以上続け、分詞構文や仮定法過去完了などを解説する文法教材を執筆するにあたり複数の文法書を読み返して、私自身も多くを学びました。

放送メディアからの反響もあり、NHKのラジオとテレビで、『赤毛のアン』の英語番組に講師として出演しました。テレビ番組では、島のシャーロットタウン、キャベンディッシュ、ロウアー・ベデック、そしてオンタリオ州リースクデイルなど、『アン』とモンゴメリに関連する場所で作品を解説したロケの夏の日々はすばらしいものでした。

旅行業界からも反響をいただき、モンゴメリの生涯とアン・シリーズを旅するカナダ東海岸ツアーの旅程の企画と同行解説をするようになりました。

ツアーでは自分の調査を旅程にくみこむことにしています。第八巻『リラ』翻訳中は、モンゴメリがこの小説を捧げたフレデリカ・キャンベルの墓を広い墓地でみなで探し、墓碑を読み、お参りしました。第三巻『愛情』の改稿中は、春浅い島の森へわけ入り、ギルバートがアンに贈った求愛の花メイフラワー、日本にはないその花を探しもとめて、指先ほどの可憐な花をみんなで見つけた嬉しさは忘れがたいものです。メイフラワーは島では数が減っているため、ギルバートのようにつむことはなく写真におさめて一同笑顔で夕暮れの森の小径をもどりました。

✿日本から世界へ、新しい展開

私は海外の学者とは接触もなく、独りで翻訳と独自の研究をしていましたが、二〇一五年秋、転機が訪れます。

ペン・カナダと日本ペンクラブ合同の文学イベントがトロント大学で開かれ、「『赤毛のアン』日本とカナダの架け橋」と題して英語で講演をしたところ、夕方の懇親会で、同大学の大学院生から「あなたのような研究は初めて聴いた、モンゴメリ学会で発表するといい」と声をかけられたのです。

「モンゴメリ学会……」

日本の学会にすら参加したことがない私がカナダの学会で学術発表するなど想像もできず、会話はそこで終わりました。

ところがさらに予想もつかないアカデミズムへの扉が開かれたのです。

二〇一九年六月、麗澤《れいたく》大学で「L・M・モンゴメリ国際会議」が実施されます。日本国内でモンゴメリ研究学会が開催されたのは初めてです。開催直前に、思いがけず十五分の短いスピーチを頼まれ、日本初の全文訳について英語で語りました。とにかく、この会議で拝聴した国内外の著名な英米文学の教授や研究者の英語の発表に、「学会とはこういうことだったのか！」と震えるような感銘をうけたのです。

日本からは作間和子先生、吉原ゆかり先生、越智博美先生、石井英津子先生、クリスティ・コリンズ先生など、また北欧、米国、ドイツ、カナダからも教授と研究者が登壇され、その発表に、モンゴメリ研究の最前線を知ったのです。たとえば北欧や中欧の『アン』翻訳も長い間、省略版であったこと、過去の北欧『アン』の抄訳とその理由が研究対象として調査されていることは驚きでした。さらに筑波大学で博士号を取得されたプリンス・エドワード島出身のクリスティ・コリンズ先生から、「松本侑子訳アン・シリーズの註釈はカナダの研究者の間でも有名です。海外では松本訳についての英語論文も発表されていますよ」と初めて知らされました。

半年後の二〇一九年十二月には、プリンス・エドワード島大学モンゴメリ研究所所長ケイト・スカース博士が赤坂のカナダ大使館で講演されて拝聴。夕食会では幸運なことに、スカース博士と同じテーブルだったため、この機会に、長年の疑問をおたずねしました。

「私はアン・シリーズの日本初の全文訳を手がけ、各登場人物の民族を調べて註釈に入れていますが、ギルバート・ブライスの民族がわかりません。ブライスという名字はスコットランドとイングランドの国境地方に由来するようですが、彼は長老派教会信徒なのでスコットランド系か、あるいは自由党支持者なので北アイルランドのアルスター・スコッツでしょうか?」

すると博士は「わかりません。そもそもそんな研究は聞いたことがありません」とおっしゃるのです。

そこで私が、ダイアナが『アン』で着用するアルスター・コートをアイルランドで探したこと、聖カスバートとケルト的なキリスト教の関連調査についてもお話しすると、「ケルトや民族のテーマを研究している人はいないと思います。よかったらモンゴメリ学会においでください。聴衆として参加できます」とお誘いくださり、「ただし、発表は事前の学術審査に合格した人のみ可能です」と釘をさされました。

✿『赤毛のアン』シリーズ全八巻の訳出

話は前後しますが、日本初の全文訳『アン』がご好評をいただき、続いて『青春』『愛情』を集英社から刊行しましたが、社内の翻訳書編集部が閉鎖され、小説執筆にもどりました。

実は私が『アン』の翻訳を始めた一九九一年、年輩の男性編集者から「そんなくだらない子どもの本を訳してる暇があったら、早く自分の小説を書きなさい！」と本気で叱咤《しった》激励され、さらにアン・シリーズの翻訳『アン』『青春』『愛情』の三冊を出した後の二〇〇〇年代には別の男性編集者からまことに残念そうな口ぶりで「松本さんは、作家としての才能とキャリアを台なしにしましたね。少女小説なんかの翻訳に、三十代を費《つい》やして……」と言われたのです。

日本におけるモンゴメリ文学への無知、偏見に途方に暮れ、彼らの言葉が善意から発せられているだけに、なおさら暗澹《あんたん》としたものです。モンゴメリ文学がくだらないという発言は完全な誤解ですが、私が翻訳と研究に没頭する余り、小説家として力作に打ち込むべき三十代を「台なしにした」という指摘は事実だと愕然《がくぜん》としました。

そこで二〇〇〇年代は太宰治の評伝小説『恋の蛍　山崎富栄と太宰治』に取り組みました。

昭和二十三年（一九四八）に情死した太宰と富栄を直《じか》に知る近しい人々を全国各地で探し出して話をうかがい、三井物産社員だった富栄の夫が、結婚後の昭和十九年（一九四四）に赴任したフィリピンのマニラ、昭和二十年に戦死したルソン島山岳地帯も取材して書きあげ、新田次郎文学賞を頂きました。以後も色々な小説を書きながら、毎日、出版の当てもないまま、第四巻『風柳荘《ウインディ・ウイローズ》』を訳しました。朝一番に大好きなアンやマリラが出てくる原書を読んで日本語にすることで気持ちが明るくなり、そのあとも仕事机にむかうことができました。

いちばんの幸運は、作家の柚木麻子先生が拙訳『アン』をご高評くださり、文春文庫から日本初の全文訳アン・シリーズ全八巻が刊行されることになったことです。カナダと欧州の取材を長年続けた成果をもとに、シリーズ前半の三冊は集英社の旧訳を一から全面改稿し、訳註も大幅に追加。第四巻以降も新訳として、全八巻を二〇一九年から二〇二三年にかけて手がけました。

五十代、六十代になった私は、五十代でアンをひきとったマリラの母性愛の深まり、マシューの純朴な慈愛に落涙し、第五巻『夢の家』で花嫁アンが結婚式と宴《うたげ》を終えて、ギルバートと馬車に乗り、新しい人生へ、新しい家へむけてグリーン・ゲイブルズを去っていくときのマリラの寂しさを訳して泣きつつ、モンゴメリの小説技巧に感嘆する日々でした。

一例をあげると、モンゴメリは対比による人物の変化の表現が巧みです。『アン』では、十一歳のアンが初めてグリーン・ゲイブルズに着いた夜、マリラが食卓に出したのは野生林檎《クラブアップル》の砂糖煮《プリザーヴ》です。前年の秋、十月ごろにもいだ林檎を長く保存《プリザーヴ》するために砂糖で煮たものですから、アンが来た六月には、すでに八か月くらいたった古い食品です。しかも野鳥のえさにすることが多い指先大の固くて酸っぱい野生林檎《クラブアップル》まで、集めて鍋で煮るマリラのいかにもスコットランド人気質《かたぎ》の倹約家ぶりまで、モンゴメリは浮かびあがらせているのです。

ところが十三歳になったアンが町へ出かけて、わずか四日間留守にしただけで、マリラは来客用の大切な鶏をつぶしてロースト・チキンにして帰ってくるアンを待ちうけています。

孤児院から来た小さな子どもに出した野生林檎《クラブアップル》の古い砂糖煮《プリザーヴ》と、新鮮な鶏を丸ごと焼いたごちそうロースト・チキンの対比で、マリラのアンへの愛の深まり、愛情をはぐくむマリラの心の奥ゆきの広がりまで伝えるのです。こうした対比はアン・シリーズの随所に見られ、「モンゴメリはうまいなあ」と感嘆の息をつくこともしばしばでした。

✿モンゴメリ研究所とモンゴメリ学会

北米においては一九八〇年代まで、モンゴメリ作品は少女向けの軽い読み物とされていました。

しかしカナダでは、モンゴメリが半世紀にわたって書き続けた膨大な手書きの日記が、ゲルフ大学名誉教授メアリ・ルビオ博士と故エリザベス・ウォーターストン博士によって精査され、一九八〇年代より抜粋の編集版日記全五巻がオックスフォード大学出版から刊行され、モンゴメリ研究が本格化します。

それを受けて一九九三年、モンゴメリ研究の第一人者エリザベス・エパリー博士がプリンス・エドワード島大学にモンゴメリ研究所を開かれ、翌一九九四年から研究所の主催でモンゴメリ学会がスタートするのです。

隔年開催の学会のテーマは、第一回が「L・M・モンゴメリとその作品」、以後は「L・M・モンゴメリとカナダ文化」、「L・M・モンゴメリと大衆文化」、「嵐と不協和音、L・M・モンゴメリと軋轢《あつれき》」、「L・M・モンゴメリ、『赤毛のアン』と『古典』の概念」、「L・M・モンゴメリと戦争」、「L・M・モンゴメリとジェンダー」などです。

✿モンゴメリ学会で初めて発表

私は作家、翻訳者であり、学会には無縁でしたが、スカース博士から勧められ、気持ちが動きだします。二〇二〇年の学会は新型コロナ・ウィルスのパンデミックで中止。この年は第五巻『夢の家』の全文訳を手がけ、三百九十七項目の訳註を書きました。

次の二〇二二年の学会のテーマは「L・M・モンゴメリと改訂」。研究発表の募集要項に、改訂にはモンゴメリ作品の翻訳改訂も含むとあり、私は『アン』の日本初の全文訳と引用出典調査の手法などについての概要をまとめて、駄目元で提出すると、驚いたことに事前審査に合格したと二〇二一年に連絡が来たのです。

その年は、第六巻『炉辺荘』の訳出と註釈五百三十項目にくわえて、NHKEテレの番組「100分de名著　金子みすゞ詩集」の番組テキスト執筆と全四回の番組収録に全力投球しており、新しい挑戦がくわわりました。さっそくスカース博士にお知らせすると、博士は産休と育休に入って大学は休職、ノヴァ・スコシア州にいるので学会には関与も参加もしないとご返信があり、私はさながら太平洋を小さなヨットで単独航海する冒険家の不安な心境でした。

コロナ後に再開した二〇二二年の学会は、Zoomと現地参加のハイブリッドとなり、私は仕事の都合からＺｏｏｍ参加を選びました。プレゼンテーションの原稿と欧米で撮った写真入りの上映データを作成し、事前に録画した発表のデータをモンゴメリ研究所に送信。当日はその動画が上映され、質疑応答はＺｏｏｍでカナダと東京の私の書斎をつないで、現地聴衆と私がライブでやりとりをしました。

質問では「あなたがアン・シリーズ各巻に書いた多数の訳註はどこで英語で読めますか？」ときかれ、「日本語の本ですから、あいにく英訳はありません」とお答えすると、「英語に訳すべきです。世界中の人が読むことができます」と言われ、また新たな扉が開かれたような示唆をうけたのです。

✿初めての英語論文

学会の後は、発表した内容を文章化しました。翻訳家は英語が得意だと思われがちですが、文芸翻訳家の仕事は、英文の小説を読み、日本語の文学的な小説にすることです。つまり完成形は日本語です。私は英語を読むことはできると思いますが、話す、聞く、書くの三つは翻訳家の業務ではなく得意ではありません。

そこで英語論文も駄目元で提出しましたが、匿名の査読審査に合格したと連絡があり、学会誌代わりのモンゴメリ研究所公式サイトへの掲載にむけて改稿せよと指示がきました。

改稿にあたり、二名のカナダ人大学教授が指導者としてついてくださり、以後、予想だにしなかった二年にわたる書き直しに次ぐ書き直しの日々が始まったのです。主にご指導くださったウェスタン大学教授アラン・マカクハン博士のご指摘はたいそう細かくて厳密で、最初に頂いたメールでは、拙稿に百か所以上の質問と訂正指示がびっしり書き込まれていました。


論文を改稿したその二年間は、第八巻『リラ』の翻訳と『金子みすゞと詩の王国』を書いた時期と重なっていました。本業の仕事をしながら、どうにか直してお送りすると、会ったことも話したこともない博士からまた書き直しの指示が来ます。

研究所の公式サイトに載せる文章は、学問的水準の高さと正確さと公平性を保つために、すべてを疑ってかかる観点から徹底的に検証され、反論されます。

私は気がつきました。これは学生時代に英語ディベート部でいつもとった戦術です。ディベートの試合では、こちらのスピーチに相手方がどんな攻撃をしても、反論できる公的な証拠《エビデンス》を政府刊行物や権威のある学者の著作から探して英訳し、百枚から二百枚のカードに書き写して持参しました。博士も、拙文に批判がきても反論できる証拠を用意し、突っ込まれない論理的な文章を書くよう求めているのだと理解したのです。

博士からは「あなたの『アン』の日本語訳に、文学的かつ学問的な価値があるなら、あなたの訳本を使った論文があるはずだ。それをリスト化して末尾に追加しなさい」というご指示もありました。

そんな調査はしたこともなく、とにかく国会図書館へ行って探すと、第一巻『アン』だけで十人の学者の先生方が拙訳を引いて論文を発表され、ありがたさに涙をこぼしながら読了し、リストにまとめて真夜中に送信すると、速攻で「掲載頁数も入れよ」と指示がきて、次の朝、また国会図書館へむかいました。

完成後は、別のアメリカ人研究者、カナダ人大学院生など複数名が精査され、編集工程でも複数の研究者の校閲と質問があって直し、二〇二四年夏、研究所の公式サイトに掲載されました。文芸出版の厳しさとはまた異なる学会の厳しさを知る貴重な経験をしました。

✿二度目の学会発表をめざす

論文を書き始める前、二〇二二年の学会最終日に、次の二〇二四年の学会テーマは「L・M・モンゴメリと家庭の政治」と告知されました。

私は学生時代に国際政治学を専攻したため、博士の厳しい指導に打ちのめされていたにもかかわらず、ぜひ挑戦したいと、十代のアンのように野心をもちました。

発表のテーマはすぐに決めました。モンゴメリ文学における日本の描写を政治から考えるものです。アン・シリーズの家庭生活には、キモノ、和紙、提灯、絹のちりめん、日本滞在など、日本とその文物に関する描写があり、その描き方は、日英同盟とジャパニズムを背景とした日本文化への憧れに裏打ちされた好意的なものから、日英同盟が破棄されたあと、日本がナチス・ドイツと協定を結び、日中戦争を始めて軍国主義に傾く一九三〇年代には微かに否定的な文脈へ変化していきます。

またモンゴメリが一九二〇年代に執筆した作家志望の主人公エミリー・シリーズ三部作では、日本の王子が島にきてエミリーに求婚します。その背景には、一九二一年の裕仁皇太子殿下の英国ご訪問、一九二四年のご成婚、一九二六年の昭和天皇ご即位があり、それがカナダの新聞で報じられ、モンゴメリが記事を読んでインスピレーションをうけたのではないかと、仮説をたてました。そこでテーマを「モンゴメリ文学における日本の描写の変遷をジャパニズムの盛衰と日英同盟から論考」に決めて、カナダの図書館で新聞と資料を調べようと計画しました。

研究概要の〆切は二〇二三年八月。事前審査に通れば、二〇二四年の学会で発表できるのです。

✿プリンス・エドワード島大学大学院へ

マカクハン博士が拙文をご指導してくださったとき、素人の私は論文の書き方を勉強しなければならないと実感しました。母校筑波大学では大学院生がプリンス・エドワード島大学大学院で論文執筆と学術プレゼンテーションを修得する夏期留学コースがあり、二〇二三年の夏に、私がアン・シリーズ翻訳家として特別に参加できる許可を、筑波の教授が出してくださったのです。

夏の留学前の二〇二三年六月、私はカナダ『アン』ツアーの解説者としてシャーロットタウンに一泊する予定がありました。それをプリンス・エドワード島大学の留学担当責任者にご連絡すると、お会いすることになりました。

面会の十五分間、私にはお伝えしたい大切な用件がありました。学会発表にむけた調査協力の依頼です。

二〇二四年学会の研究概要の〆切は、留学中の二〇二三年八月。私は研究の内容をお伝えして、さらに言いました。「夏の留学中に、モンゴメリが独身時代に島で読んだ新聞『ザ・ガーディアン』と結婚後にオンタリオ州で読んだ新聞『グローブ&メイル』に、日本と皇太子殿下がどのように報じられているか、十九世紀から一九三〇年代の新聞記事と本を調査する必要があります。ついては留学初日に大学図書館で百年前の各地の新聞を閲覧する方法についで司書のレクチャーをうけたいと存じます」と、初対面の挨拶もそこそこにお願いしたのです。

あとでわかったのですが、この面談は私が大学院にふさわしい英語力をそなえているかどうか確認する面接テストだったようです。そうとは知らず、学会調査の協力依頼をしたところ、ご親切にも図書館の担当者をご手配くださり、私の留学中に古い新聞の閲覧方法だけでなく調査もお手伝いいただき、カナダの複数の新聞で日本の皇太子殿下の渡英と英国王の歓迎晩餐会、ご成婚、ご即位が写真入りで報じられていたことが判明し、無事に研究概要を書いて提出することができました。

留学コースは二週間の短いものでしたが、若くて聡明な大学院生と机をならべて、論文の書き方と口頭発表を勉強し、みんなで朝昼夜と食事をし、学生寮で寝起きして、週末はビーチへ遠足に行き、図書館で調べものをして、最後はコースの修了証もいただき、一生忘れられない画期的な夏をすごしました。

✿学会に初めて現地参加する

モンゴメリ文学における日本に関する研究概要は、ふたたび匿名審査に合格して、二〇二四年の学会は、プリンス・エドワード島大学で初めて現地参加しました。

世界十六か国から学者と研究者が集まり、多種多様な観点から発表や講演がある刺激的な五日間でした。

私は初参加につき知らない人ばかりだろうと思っていたところ、二〇一九年の麗澤大学の会議で知りあった北欧とカナダの先生方と思いがけず再会して喜び、毎年の『アン』ツアーでお会いするモンゴメリ親族の方々、ツアーで訪れるオンタリオ州や島内のモンゴメリ関連施設の責任者もほとんどが聴衆として来場されて声をかけられ、さらには二〇二二年の私のＺｏｏｍ発表を聞いたという初対面のアメリカやイギリスの学者からも感想を述べられ、学会の親しく濃密な人間関係を知りました。

何よりも、厳しい鬼教官だと思っていたマカクハン博士が、優しい眼差しの紳士で、私の拙いプレゼンを聞きにきてくださり、お礼をお伝えできたことが無上の喜びでした。

学会でとりあげられた作品は、アン・シリーズは少なく、エミリー・シリーズ、パット・シリーズ、『青い城』、『丘の家のジェーン』*Jane of Lantern Hill* が大半でした。そして日本にはそれらの正確な全文訳があるのか、あらためて意識したのです。

✿モンゴメリの長編小説二十冊

エミリー・シリーズは、作家を目ざす、意志が強く頑固で透視ができるエミリーの成長と恋の物語であり、同じく作家をめざしていた二十代の私の支えでした。エミリーの創作への意気込みも、ひらめきを渇望する心も、思うような文章が書けない苦しみも、周囲の無理解への怒りも、すべて私自身の内なる叫びでもあったのです。

アン・シリーズの翻訳を終えた私は、第一部『新月《ニュー・ムーン》農場のエミリー』（邦題『可愛いエミリー』）を原書で読み、私が愛読していた従来訳は少なくとも一千語は省かれていることを知りました。

モンゴメリ生前に刊行された単著二十三冊のうち、長編小説はアン・シリーズ、エミリー・シリーズ、パット・シリーズ、『果樹園のセレナーデ』*Kilmeny of the Orchard*、『マリゴールドの魔法』、『もつれた蜘蛛の巣』などの二十冊、短編集は『アヴォンリー物語』

Chronicles of Avonlea と『続アヴォンリー物語』*Further Chronicles of Avonlea* の二冊、そして詩集『夜警』一冊です。

長編小説二十冊のうち、もしかすると日本ではアン・シリーズの八冊しか正確な全文訳がない可能性があります。もしそうなら、深遠にして多彩で独特なモンゴメリ文学の全容はまだ半分程度しか日本に紹介されていないことになります。日本におけるモンゴメリ文学の研究発展のためには、それぞれに原書通りの全文訳が必要だと思い知った初の学会参加でした。

私は二十代から三十年以上にわたり、アンの翻訳と研究を続けてきました。一人の小説家にすぎない私にとっては、モンゴメリの長編小説八冊の翻訳、引用出典探し、デジタル・データベースの構築、海外各国での取材、英語の学会発表、英語論文の執筆は、すべて未知への挑戦でした。ロンドンから一人でアーサー王伝説ゆかりの古都ウィンチェスターへむかう前夜、ホテルで眠れなかったこともありました。しかし愛するアンとモンゴメリの研究であり、新しい扉をひらく喜びにいつもわくわくしていました。

そのすべては、初めて村岡花子訳『赤毛のアン』を読み、こんなに面白い小説が世の中にあったのかと興奮の面持ちで目をあげ、明るい日ざしに光り輝く不思議なもやを見たあの十四歳の秋の日に始まったのです。

八の扉　翻訳とモンゴメリ学会

PEIで市販されているラズベリー水

世界最大の引用句辞典、マクミラン社

リンド夫人が編む林檎の葉模様のベッドカバー。リースクデイル牧師館

野生林檎、サクランボ大の実、PEI

詩「ライン河畔のビンゲン」のビンゲン、ドイツ

ギルバートの求愛の花メイフラワー、PEI

「バレンシアの包囲線」のレコンキスタ防御壁、スペイン

「ロミオとジュリエット」のジュリエットの家、イタリア

アンが暗誦するメアリ女王の詩の舞台ホリールード宮殿、スコットランド

劇詩『ピッパが通る』の舞台アーゾロのブラウニング邸(現在はホテル)、イタリア

おわりに

アン・シリーズにはいろいろな魅力があります。アンの幸せな生き方と暮らし方、心が明るくなる言葉の数々、料理と菓子、手芸、ドレス、カナダの植物と園芸、年齢を重ねてますます魅力的な人々（マシュー、マリラ、リンド夫人、ミス・ラヴェンダー、レベッカ・デュー、ジム船長など）の人生観と生きる知恵、プリンス・エドワード島の美しい風景。

こうした私の愛好するテーマはいずれエッセイ集にまとめることとして、本書は新書という媒体であり、学術的な方面から入門書として執筆しました。八つの扉を別々に論じましたが、アン・シリーズは、このすべてが渾然《こんぜん》一体となった魅力に満ち満ちています。

もとになったのは、二〇二〇年から朝日カルチャーセンター新宿と中日文化センター栄《さかえ》で実施した『赤毛のアン』シリーズ全八巻を読解するＺｏｏｍ講座です。講座は合計三十三回、時間にして約五十時間ありますので、本書は、その一部を抜粋して構成しました。

本におさめなかった部分、たとえばマシューとジム船長の人物像の比較、ギルバート・ブライスとロイヤル・ガードナーの比較、アン・シャーリーの生涯などは、講座の受講者さまはすでに第一巻から最後まで読了されていますので解説しましたが、本書では、これからアンの物語に親しまれるみなさまのために割愛《かつあい》しました。

また「二の扉」の一部は、月刊誌「英語教育」(大修館書店)二〇〇八年十月号から二〇〇九年三月号の連載エッセイの一部分を本書にあわせて加筆修正しました。

収録した写真は、翻訳の取材旅行で訪れたカナダや欧米で撮影したものです。一点一点に旅の思い出があり、あたりの情景がいまも鮮やかに蘇《よみがえ》ります。


モンゴメリは満三十歳のときに『赤毛のアン』創作のペンをとり、途中でエミリー三部作やパット二部作といった読みごたえのある長編にとりくみながら、三十年以上かけてアン・シリーズの八冊を書きつづけ、六十四歳でこの大河小説を完成させました。

いっぽうの私は、二十八歳で『赤毛のアン』の翻訳をはじめ、その間に太宰治や金子みすゞなどの小説を執筆しながら、六十歳で第八巻『アンの娘リラ』を訳し終え、やはり三十年以上、モンゴメリの英文の魅惑と謎、アンの人生にむきあってきました。

訳註を書くために、英米詩、ケルト、アーサー王伝説、キリスト教、カナダの歴史と政治、モンゴメリ日記などの書物を読み、モンゴメリ文学の深淵《しんえん》に通じる扉を一つ一つ見つけてきました。

　この三十年以上の間、『赤毛のアン』とモンゴメリについての解説書とエッセイ集を十冊、刊行していただきました。『赤毛のアン』全般について、またアンとマシュー、マリラ、ギルバートとの愛の物語は『赤毛のアンへの旅　秘められた愛と謎』（『なぞとき赤毛のアン』と改題して文春文庫より刊行予定）、『赤毛のアン』に引用される英文学については『赤毛のアンに隠されたシェイクスピア』、モンゴメリの生涯とカナダの植物などについては『誰も知らない「赤毛のアン」』で解説しました。

　そこで本書では、重複を避けて、『赤毛のアン』については概論にとどめ、アン・シリーズ全八巻を俯瞰する形で解説しました。あるいは、アン・シリーズにこんな描写があったかしら、記憶がない……という方は、あらためて全文訳でアンの物語をお読みいただけましたら光栄です。

　執筆に際して、拙訳アン・シリーズ全巻を一冊にした電子書籍の検索機能を活用しました。たとえば、ギルバートがアンに贈った求婚の花メイフラワーが、どの巻のどの章にでてくるのか、カナダの首相三人はどの巻のどの章で登場するのかなど、全八巻の串刺《くしざ》し検索によって瞬時にわかりました。この合本を製作販売してくださった文藝春秋電子書籍編集部の長松菜様に御礼を申し上げます。

第八巻『アンの娘リラ』に続いて本書でも原稿を整理してくださった江口うり子様、編集担当の文春新書編集部の鳥嶋七実様には大変にお世話になりました。心より感謝いたします。

モンゴメリは日本では児童小説の書き手として理解されています。しかし世界では二十世紀カナダ英語文学の作家として高く評価され、さらなる研究が進んでいます。

この小さな本は、八つの扉をあける鍵です。アン・シリーズの奥深い世界への扉をひらいて、知的で芸術的な新しい魅力をお楽しみください。

私もエミリーやパットなどモンゴメリ文学のまた別の扉を探しに、夢と希望をもって旅立とうと思います。

二〇二四年、モンゴメリ生誕百五十年の秋の日、プリンス・エドワード島旅行の前に

松本侑子

主要参考文献

✿英文学

THE MACMILLAN BOOK OF PROVERBS, MAXIMS, AND FAMOUS PHRASES Burton Stevenson, Macmillan Publishing Company, New York, 1987

『お気に召すまま』シェイクスピア著、小田島雄志訳、白水社、一九八三年

『哀詩　エヴァンジェリン』ロングフェロー著、斎藤悦子訳、岩波文庫、一九三〇年

『ポー詩集』加島祥造編、岩波文庫、一九九七年

L. M. Montgomery's use of quotations and allusions in the ANNE books by Rea Wilmshurst, Canadian Children's Literature, 56, 1989

THE COMPLETE POETICAL WORKS OF JOHN GREENLEAF WHITTIER HOUSEHOLD EDITION Houghton Mifflin Company, Boston and New York, Reprint of 1904 version

THE POEMS OF JAMES RUSSELL LOWELL Oxford University Press, London, 1926

THE POETICAL WORKS OF HENRY WADSWORTH LONGFELLOW Collins' Clear-Type Press, London and Glasgow, 1900

THE POETICAL WORKS OF TENNYSON Edited by G.Robert Stange, Houghton Mifflin Company, Boston,

✿ケルトとアーサー王伝説
『地図で読む　ケルト世界の歴史』イアン・バーンズ著、鶴岡真弓監修、桜内篤子訳、創元社、二〇一三年
『図説ケルトの歴史　文化・美術・神話をよむ』鶴岡真弓、松村一男著、河出書房新社、二〇一七年
『アーサー王　その歴史と伝説』リチャード・バーバー著、髙宮利行訳、東京書籍、一九八三年
『アーサー王物語の魅力　ケルトから漱石へ』髙宮利行著、秀文インターナショナル、一九九九年
『アーサー王伝説』リチャード・キャヴェンディッシュ著、高市順一郎訳、晶文社、一九八三年
『アーサー王ロマンス』井村君江著、ちくま文庫、一九九二年

✿キリスト教
『聖書』新共同訳、日本聖書協会、一九九八年
THE HOLY BIBLE : KING JAMES VERSION American Bible Society, New York ,1991
『キリスト教大事典』教文館、一九六八年改訂新版
『聖書人名事典』ピーター・カルヴォコレッシ著、佐柳文男訳、教文館、一九九八年
『聖書百科全書』ジョン・ボウカー編著、荒井献、池田裕、井谷嘉男監訳、三省堂、二〇〇〇年
『図説聖人事典』オットー・ヴィマー著、藤代幸一訳、八坂書房、二〇一一年
『新版　聖人事典』ドナルド・アットウォーター、キャサリン・レイチェル・ジョン著、山岡健訳、伊藤

悟監修、三交社、二〇二一年

✿歴史

『カナダ史』木村和男編、山川出版社、一九九九年
『カナダの歴史　大英帝国の忠誠な長女　１７１３―１９８２』木村和男、フィリップ・バックナー、ノーマン・ヒルマー著、刀水書房、一九九七年
『カナダの歴史』ケネス・マクノート著、馬場伸也監訳、ミネルヴァ書房、一九七七年
『カナダの歴史を知るための50章』細川道久編著、明石書店、二〇一七年
『「赤毛のアン」の島　プリンスエドワード島の歴史』ダグラス・ボールドウィン著、木村和男訳、河出書房新社、一九九五年
『概説カナダ史』大原祐子、馬場伸也編、有斐閣選書、一九八四年
『世界歴史大系 アメリカ史１　17世紀～１８７７年』有賀貞、大下尚一、志邨晃佑、平野孝編、山川出版社、一九九四年

✿政治

『世界現代史31　カナダ現代史』大原祐子著、山川出版社、一九八一年
『カナダ現代政治』岩崎美紀子著、東京大学出版会、一九九一年

✿モンゴメリ日記全文版

The Complete Journals of L.M.Montgomery: The PEI Years, 1889-1900 Edited by Mary Henley Rubio, Elizabeth Hillman Waterston, Oxford University Press, Ontario, Canada, 2017

The Complete Journals of L.M.Montgomery: The PEI Years, 1901-1911 Edited by Mary Henley Rubio, Elizabeth Hillman Waterston, Oxford University Press, Ontario, Canada, 2017

L.M.Montgomery's Complete Journals: The Ontario Years, 1911-1917 Edited by Jen Rubio, Rock's Mills Press, Ontario, Canada, 2016

L.M.Montgomery's Complete Journals: The Ontario Years, 1918-1921 Edited by Jen Rubio, Rock's Mills Press, Ontario, Canada, 2017

L.M.Montgomery's Complete Journals: The Ontario Years, 1922-1925 Edited by Jen Rubio, Rock's Mills Press, Ontario, Canada, 2018

L.M.Montgomery's Complete Journals: The Ontario Years, 1926-1929 Edited by Jen Rubio, Rock's Mills Press, Ontario, Canada, 2017

L.M.Montgomery's Complete Journals: The Ontario Years, 1930-1933 Edited by Jen Rubio, Rock's Mills Press, Ontario, Canada, 2019

松本侑子（まつもと ゆうこ）
作家・翻訳家。著書に『巨食症の明けない夜明け』（すばる文学賞）、『恋の蛍 山崎富栄と太宰治』（新田次郎文学賞）、『赤毛のアンのプリンス・エドワード島紀行』、『英語で楽しむ赤毛のアン』、詩人金子みすゞの詩を解説した『金子みすゞと詩の王国』、みすゞの伝記小説『みすゞと雅輔』など。訳書に日本初の全文訳・英文学からの引用などを解説した訳註付『赤毛のアン』シリーズ全八巻（文春文庫）など。

文春新書

1475

赤《あか》毛《げ》のアン論《ろん》 八《やつ》つの扉《とびら》

2024年11月20日 第1刷発行
2025年4月25日 第3刷発行

著　者　松本侑子
発行者　大松芳男
発行所　株式会社 文藝春秋

〒102-8008 東京都千代田区紀尾井町3-23
電話（03）3265-1211（代表）

印刷所　大日本印刷
製本所　大口製本

定価はカバーに表示してあります。
万一、落丁・乱丁の場合は小社製作部宛お送り下さい。
送料小社負担でお取替え致します。

ISBN978-4-16-661475-2

◆文学・ことば

翻訳夜話　村上春樹　柴田元幸
翻訳夜話2 サリンジャー戦記　村上春樹　柴田元幸
漢字と日本人　高島俊男
語源でわかった！ 英単語記憶術　山並陞一
外交官の「うな重方式」英語勉強法　多賀敏行
名文どろぼう　竹内政明
「編集手帳」の文章術　竹内政明
弔辞 劇的な人生を送る言葉　文藝春秋編
ビブリオバトル　谷口忠大
新・百人一首　岡井隆・馬場あき子　永田和宏・穂村弘選
劇団四季メソッド「美しい日本語の話し方」　浅利慶太
芥川賞の謎を解く　鵜飼哲夫
ビジネスエリートの新論語　司馬遼太郎
世界はジョークで出来ている　早坂 隆
一切なりゆき　樹木希林
天才の思考　鈴木敏夫
いま、幸せかい？　滝口悠生選
英語で味わう万葉集　ピーター・J・マクミラン
歎異抄 救いのことば　釈 徹宗
最後の人声天語　坪内祐三
三国志入門　宮城谷昌光
教養脳　福田和也
明日あるまじく候　細川護熙
伊賀の人・松尾芭蕉　北村純一
ちょっと方向を変えてみる　辻 仁成
歴史・時代小説教室　安部龍太郎　門井慶喜　畠中 恵
柄谷行人『力と交換様式』を読む　柄谷行人ほか
初めて語られた科学と生命と言語の秘密　松岡正剛　津田一郎
紫式部と男たち　木村朗子
ロシア文学の教室　奈倉有里

◆ネットと情報

「社会調査」のウソ　谷岡一郎
インターネット・ゲーム依存症　岡田尊司
闇《ダーク》ウェブ　セキュリティ集団スプラウト
フェイクウェブ　高野聖玄　セキュリティ集団スプラウト
スマホ廃人　石川結貴
スマホ危機 親子の克服術　石川結貴
超空気支配社会　辻田真佐憲
ソーシャルジャスティス　内田 舞

◆経済と企業

リープフロッグ　野口悠紀雄
臆病者のための株入門　橘　玲
臆病者のための億万長者入門　橘　玲
テクノ・リバタリアン　橘　玲
熱湯経営　樋口武男
先の先を読め　樋口武男
ブラック企業　今野晴貴
ビジネスパーソンのための契約の教科書　福井健策
ブラック企業２　今野晴貴
売る力　鈴木敏文
日本型モノづくりの敗北　湯之上隆
半導体有事　湯之上隆
詐欺の帝王　溝口　敦
さらば！　サラリーマン　溝口　敦
トヨタ生産方式の逆襲　鈴村尚久
グローバリズムが世界を滅ぼす　エマニュエル・トッド　ハジュン・チャン　柴山桂太・中野剛志・藤井聡・堀茂樹

税金を払わない巨大企業　富岡幸雄
消費税が国を滅ぼす　富岡幸雄
安売り王一代　安田隆夫
運　安田隆夫
働く女子の運命　濱口桂一郎
人工知能と経済の未来　井上智洋
メタバースと経済の未来　井上智洋
「公益」資本主義　原　丈人
お祈りメール来た、日本死ね　海老原嗣生
自動車会社が消える日　井上久男
日産vs.ゴーン　井上久男
新貿易立国論　大泉啓一郎
世界史を変えた詐欺師たち　東谷　暁
日銀バブルが日本を蝕む　藤田知也
AIが変えるお金の未来　坂井隆之・宮川裕章＋毎日新聞フィンテック取材班
なぜ日本の会社は生産性が低いのか？　熊野英生
会社員が消える　大内伸哉
キャッシュレス国家　西村友作

農業新時代　川内イオ
農業フロンティア　川内イオ
総会屋とバブル　尾島正洋
最強の相続　荻原博子
吉本興業の約束　大﨑　洋　坪田信貴
日本企業の復活力　伊丹敬之
グリーン・ジャイアント　森川　潤
国税OBだけが知っている失敗しない相続　坂田拓也
AI新世　人工知能と人類の行方　小林亮太　篠本　滋　甘利俊一監修
スパコン富岳の挑戦　松岡　聡
男性中心企業の終焉　浜田敬子
ルポ　食が壊れる　堤　未果
負動産地獄　牧野知弘
地銀と中小企業の運命　橋本卓典
逆境経営　樽谷哲也
ヤメ銀　秋場大輔

◆考えるヒント

民主主義とは何なのか　長谷川三千子
寝ながら学べる構造主義　内田　樹
私家版・ユダヤ文化論　内田　樹
勝つための論文の書き方　鹿島　茂
成功術　時間の戦略　鎌田浩毅
世界がわかる理系の名著　鎌田浩毅
ぼくらの頭脳の鍛え方　立花　隆・佐藤　優
知的ヒントの見つけ方　立花　隆
立花隆の最終講義　立花　隆
日本人へ　リーダー篇　塩野七生
日本人へ　国家と歴史篇　塩野七生
日本人へ　危機からの脱出篇　塩野七生
逆襲される文明　日本人へⅣ　塩野七生
誰が国家を殺すのか　日本人へⅤ　塩野七生
完全版　ローマ人への質問　塩野七生
イエスの言葉　ケセン語訳　山浦玄嗣

聞く力　阿川佐和子
叱られる力　阿川佐和子
看る力　阿川佐和子・大塚宣夫
話す力　阿川佐和子
臆病者のための裁判入門　橘　玲
女と男　なぜわかりあえないのか　橘　玲
テクノ・リバタリアン　橘　玲
「強さ」とは何か。　宗　由貴監修・鈴木義孝構成
何のために働くのか　寺島実郎
女たちのサバイバル作戦　上野千鶴子
在宅ひとり死のススメ　上野千鶴子
サバイバル宗教論　佐藤　優
サバイバル組織術　佐藤　優
無名の人生　渡辺京二
生きる哲学　若松英輔
危機の神学　若松英輔・山本芳久
脳・戦争・ナショナリズム　中野剛志・中野信子・適菜　収
歎異抄　救いのことば　釈　徹宗

プロトコールとは何か　寺西千代子
それでもこの世は悪くなかった　佐藤愛子
知らなきゃよかった　池上　彰・佐藤　優
知的再武装　60のヒント　池上　彰・佐藤　優
無敵の読解力　池上　彰・佐藤　優
死ねない時代の哲学　村上陽一郎
コロナ後の世界　ジャレド・ダイアモンド　ポール・クルーグマン　リンダ・グラットン　マックス・テグマーク　スティーブン・ピンカー　スコット・ギャロウェイ　大野和基編
コロナ後の未来　ユヴァル・ノア・ハラリ　カタリン・カリコ　ポール・ナース　リンダ・グラットン　リチャード・フロリダ　スコット・ギャロウェイ　イアン・ブレマー　大野和基編
スタンフォード式　お金と人材が集まる仕事術　西野精治
なんで家族を続けるの？　内田也哉子・中野信子
教養脳　福田和也
コロナ後を生きる逆転戦略　河合雅司
超空気支配社会　辻田真佐憲
明日あるまじく候　細川護煕
百歳以前　徳岡孝夫・土井荘平
老人支配国家　日本の危機　エマニュエル・トッド
迷わない。完全版　櫻井よしこ
いまさら聞けない　キリスト教のおバカ質問　橋爪大三郎

ちょっと方向を変えてみる　辻　仁成
フェミニズムってなんですか？　清水晶子
小さな家の思想　長尾重武
日本人の真価　藤原正彦
日本の伸びしろ　出口治明
ソーシャルジャスティス　内田　舞
70歳からの人生相談　毒蝮三太夫
柄谷行人『力と交換様式』を読む　柄谷行人ほか
初めて語られた科学と生命と言語の秘密　松岡正剛・津田一郎
福田恆存の言葉　福田恆存
疑う力　真山　仁
定年後に読む不滅の名著200選　文藝春秋編
運　安田隆夫

◆サイエンスとテクノロジー

世界がわかる理系の名著　鎌田浩毅
「大発見」の思考法　山中伸弥・益川敏英
ねこの秘密　山根明弘
ティラノサウルスはすごい　土屋　健・小林快次監修
アンドロイドは人間になれるか　石黒　浩
マインド・コントロール　岡田尊司
サイコパス　中野信子
首都水没　土屋信行
水害列島　土屋信行
植物はなぜ薬を作るのか　斉藤和季
超能力微生物　小泉武夫
フレディ・マーキュリーの恋　竹内久美子
猫脳がわかる！　今泉忠明
ウイルスVS人類　瀬名秀明・押谷　仁・五箇公一・岡部信彦・河岡義裕・大曲貴夫・NHK取材班
がん治療革命　ウイルスでがんを治す　藤堂具紀
ゲノムに聞け　中村祐輔

妊娠の新しい教科書　堤　治
AI新世　人工知能と人類の行方　小林亮太・篠本　滋・甘利俊一監修
お天気ハンター、異常気象を追う　森さやか
スパコン富岳の挑戦　松岡　聡
分子をはかる　藤井敏博
メタバースと経済の未来　井上智洋
半導体有事　湯之上隆
チャットGPT vs.人類　平　和博
日本百名虫　フォトジェニックな虫たち　坂爪真吾
日本百名虫　ドラマティックな虫たち　坂爪真吾
テクノ・リバタリアン　橘　玲
脳は眠りで大進化する　上田泰己

文春新書のロングセラー

磯田道史
磯田道史と日本史を語ろう
日本史を語らせたら当代一！　磯田道史が、半藤一利、阿川佐和子、養老孟司ほか、各界の「達人」を招き、歴史のウラオモテを縦横に語り尽くす
1438

エマニュエル・トッド　大野　舞訳
第三次世界大戦はもう始まっている
ウクライナを武装化してロシアと戦う米国によって、この危機は「世界大戦化」している。各国の思惑と誤算から戦争の帰趨を考える
1367

阿川佐和子
話す力
心をつかむ44のヒント
初対面の時の会話は？　どう場を和ませる？　話題を変えるには？　週刊文春で30年対談連載するアガワが伝授する「話す力」の極意
1435

牧田善二
認知症にならない100まで生きる食事術
認知症になるには20年を要する。つまり、30歳を過ぎたら食事に注意する必要がある。認知症を防ぐ日々の食事のノウハウを詳細に伝授する！

1418

橘　玲
テクノ・リバタリアン
世界を変える唯一の思想
とてつもない富を持つ、とてつもなく賢い人々が蝟集するシリコンバレー。「究極の自由」を求める彼らは世界秩序をどう変えるのか？
1446

文藝春秋刊